CRAZY
A HISTÓRIA DE UM JOVEM

BENJAMIN LEBERT

CRAZY
A HISTÓRIA DE UM JOVEM

Tradução de João Bouza da Costa

EDITORIAL PRESENÇA

FICHA TÉCNICA

Título original: *Crazy*
Autor: *Benjamin Lebert*
Copyright © 1999 by Verlag Kiepenheuer & Witsch, Köln
Tradução © Editorial Presença, Lisboa, 2000
Tradução: *João Bouza da Costa*
Capa: *Fotografia* © *Sigi Hengestenberg Fotografin com arranjo gráfico de Vera Espinha*
Fotocomposição, impressão e acabamento: *Multitipo — Artes Gráficas, Lda.*
1.ª edição, Lisboa, Julho, 2000
2.ª edição, Lisboa, Outubro, 2000
3.ª edição, Lisboa, Abril, 2001
4.ª edição, Lisboa, Outubro, 2001
5.ª edição, Lisboa, Janeiro, 2003
Depósito legal n.º 189 712/02

Reservados todos os direitos
para Portugal à
EDITORIAL PRESENÇA
Estrada das Palmeiras, 59
Queluz de Baixo
2745-578 BARCARENA
Email: info@editpresenca.pt
Internet: http://www.editpresenca.pt

Todos nós somos potenciais figuras romanescas — a única diferença é que as figuras dos romances vão até ao limite das suas possibilidades.

GEORGES SIMENON

Dedicado a Bruno Schnee e Norbert Lebert

1

É então aqui que vou ficar. Se possível até ao exame de admissão
à universidade. Pelo menos é essa a intenção. Estou no parque de
estacionamento do internato Castelo Neuseelen e olho à minha
volta. Os meus pais encontram-se ao meu lado. Foram eles que me
trouxeram para cá. Já são quatro as escolas que deixei para trás. Esta
deverá, pois, ser a quinta. Caber-lhe-á então transformar o meu
maldito seis em Matemática num cinco*. Não aguento esperar
para ver.

Já antes de cá chegar me enviaram cartas de encorajamento.
Todas elas do género: *Caro Benjamin, vem ter connosco, hás-de melhorar. Já antes de ti muitos o conseguiram.*

É claro que conseguiram. O que não falta aqui são alunos, há-
-de haver sempre um ou outro que consegue. Mas essa história já
eu conheço. No meu caso, a coisa fia mais fino. Tenho dezasseis
anos e estou a repetir a oitava classe. E pela maneira como as coisas
estão a andar, ainda não será desta vez que hei-de conseguir. Os
meus pais são gente conceituada. Médica naturista e engenheiro.
Não os estou a ver dar uma festa pela passagem de um exame do
ciclo. Terá que ser um bocadinho mais. Mas bem. É por isso que
aqui estou. A meio do ano escolar. Especado em frente do portão
do internato. A mãe entrega-me uma carta. É para eu dar depois
ao director do internato. Dados informativos sobre a minha pessoa. Agarro uma das malas e espero pelo meu pai. Ele ainda está

---

*Notas escolares na Alemanha vão de 1=Muito Bom a 6 = Mau; 4 é a nota
positiva mais baixa. *(NT)*

atrás do carro à procura de alguma coisa. Tenho a impressão de que vou sentir saudades dele. É claro que passamos imenso tempo de candeias às avessas. Mas após um dia de escola estafante, era ele sempre o primeiro a receber-me com um sorriso. Subimos para a secretaria. Por dentro, o internato ainda consegue ser quase mais detestável do que por fora. Madeira a dar com um pau. Incrivelmente velho. Incrivelmente rococó, ou lá como isso se chama. Em História de Arte sempre fui tão mau como em Matemática. Os meus pais gostam do edifício. Acham que o som dos passos no soalho é bonito.

O que é que eu tenho a ver com isso? Na secretaria espera-nos uma gorda. Chama-se Angelika Lerch. Bochechuda e poderosa, empertiga-se toda à minha frente. Fico cheio de medo. Ela oferece-me um par de autocolantes do internato. Em todos pode ver-se uma águia que sorri e leva às costas uma mochila de escola. Por baixo encontra-se escrito em itálico: *Internato Neuseelen — O despontar de uma nova era escolar.*

Hei-de oferecê-los mais tarde aos meus pais. Eles que os colem na cozinha, ou... onde bem lhes apetecer. Angelika Lerch estende-me a mão e dá-me as boas-vindas. Ela própria já cá está há trinta anos e nunca se arrependeu. Decido não lhe dar troco. Sento-me num sofá vermelho e castanho ao lado dos meus pais e aconchego-me a eles. Há quanto tempo é que não fazia uma coisa destas? Que se lixe, sinto o calor dos seus corpos e sinto-me protegido. Agarro a mão da mãe. O director do internato vem já aí para me receber pessoalmente, diz a senhora Lerch. E, ao dizer isso, dá um pequeno beliscão na asa do nariz. Bem, pelos vistos a situação é irreversível. Aqui estou eu, sentado, à espera que me venham buscar. Chateado, ponho-me a olhar para o chão. Mas não é bem o chão que eu vejo. O que vejo..., bem, estou-me nas tintas para o que vejo. Há já quase cinco minutos que dura esta seca. Por fim, chega o director do internato. Jörg Richter é ainda novo, calculo que por volta dos trinta, talvez um pouco mais velho. Andará pelo metro e oitenta e cinco, o cabelo preto tem risco ao meio e o homem até tem um aspecto simpático. Entra e deixa-se cair na cadeira mais próxima. Depois, como se se tivesse esquecido, levanta-se de um salto para nos cumprimentar. Tem a mão húmida. Convida-nos a ir até ao seu escritório, que não é longe da secretaria. De caminho, ponho-me a ouvir o ranger dos passos no soalho de madeira. Não acho que isso seja bonito. Mas a quem é que interessa uma coisa dessas?

Logo que chegamos ao seu escritório o senhor Richter oferece--me uns autocolantes do internato. São mais modernos do que os da Senhora Lerch. A águia está mais bem desenhada, tem um efeito tridimensional. A mochila também é mais bonita.

Apesar disso, o bicharoco não me diz nada. Agarro nos autocolantes e meto-os na mala da minha mãe. Jörg Richter pede-nos que nos sentemos. O seu escritório é espaçoso. Maior do que os quartos que eu pude ver até agora. E ainda maior do que a secretaria onde está a senhora Lerch. Na parede estão pendurados quadros caros. Os móveis são magníficos. Não deve ser mau trabalhar aqui. — Então, Benjamin, já deves estar ansioso por ver o teu quarto? — pergunta o senhor Richter, elevando um pouco a voz. Ponho-me a pensar naquilo que hei-de responder. Durante muito tempo, fico calado. Finalmente, lá se me consegue escapar um «sim» arranhado. A mãe dá-me um toque. É verdade, ia-me esquecendo da carta. Hesitante, tiro-a do bolso.

— Escrevi-lhe umas linhas — diz a minha mãe, dirigindo-se ao director do internato. — É muito importante. E uma vez que o meu filho não gosta de falar do assunto, achei que o melhor era pô-lo ao corrente. — Sempre a mesma cantiga. Seja qual for a escola para onde entro, a minha mãe acha que o melhor é escrever ao director para o pôr ao corrente da situação. Escrever é a solução. Como se isso ajudasse a resolver os problemas cá do rapazinho. Pois muito bem. Aproximo-me lentamente da enorme secretária, por detrás da qual se encontra sentado Richter. Como quase tudo aqui, o móvel é de madeira. Ainda por cima, negra como a noite. Tem poucas coisas em cima. Num lado está o computador. O logotipo da escola, a águia com a mochila, está gravado no tampo. Mal se consegue distinguir, mas eu consigo vê-lo bem. Leio o que está escrito no envelope: *Assunto: hemiplegia do meu filho Benjamin Lebert* — é o que lá está escrito. Quantas vezes entreguei já um envelope destes a um professor? De certeza, mais de uma dúzia de vezes. Agora volto a fazê-lo uma vez mais. Jörg Richter agarra precipitadamente o envelope. Os seus olhos brilham de curiosidade. Abre a carta e para meu pavor começa a lê-la em voz alta. A sua voz soa clara e compreensiva:

Caro Senhor Richter!

O meu filho Benjamin Lebert sofre desde o nascimento de uma hemiplegia que lhe afecta o lado esquerdo do corpo. Isso significa que as funções desse lado esquerdo, em especial as do braço e da perna, são limitadas. Na prática, isso significa que ele ou não consegue ou tem dificuldades em executar tarefas que exijam uma motricidade de maior precisão, como atar os atacadores dos sapatos, utilizar o garfo e a faca, desenhar figuras geométricas, servir-se de uma tesoura para cortar, etc.

Para além disso, o Benjamin tem problemas na prática do desporto, não consegue andar de bicicleta e tem dificuldades em todos os movimentos relacionados com o equilíbrio.

Espero que o possa apoiar, tomando em consideração estas suas dificuldades. Desde já agradecida,

com os meus melhores cumprimentos,
Jutta Lebert

Quando a última palavra soa, fecho os olhos. Tenho vontade de estar num lugar onde os esclarecimentos não sejam necessários. Depois volto para trás e vou ter com os meus pais. Estão ali ao fundo do escritório, de mãos dadas. Vê-se que estão aliviados pela situação estar esclarecida. Jörg Richter olha para eles e acena com um gesto de cabeça. — Vamos ter em devida conta o *handicap* de Benjamin — diz. De resto, não há mais perguntas a fazer.

Subimos ao primeiro andar, onde se encontra o meu quarto. Não é longe dali. Atravessa-se um longo corredor de madeira que desemboca numa grande escadaria de madeira. As paredes são imaculadamente brancas. Seguimos o director do internato até lá cima. Eu agarro-me à mão do meu pai. Em breve chegamos a um novo corredor. — A partir de agora, é esta a tua casa — diz Jörg Richter. As paredes aqui já não são brancas, mas sim amarelas. Um amarelo aprazível, devem eles pensar. A mim não me aquece nem arrefece. O chão foi forrado com linóleo cinzento, uma cor que não condiz com o amarelo das paredes. O corredor está vazio. Os alunos ainda não regressaram das férias de Natal. Ao lado de uma das janelas encontra-se afixado um letreiro: *A vigilância desta ala cabe ao educador Lukas Landorf*, pode ler-se. *Todas as participações sobre compras na aldeia, bem como assuntos relacionados com o receber das mesadas, as prescrições sobre a hora de ir para a cama e autorizações de toda a espécie devem ser directamente tratadas com ele. Lukas Landorf encontra-se no quarto 219.*

O senhor Richter aponta para o letreiro. E pisca-me o olho. — Lukas Landorf também vai ser o teu educador — diz. — De certeza que vais gostar dele, ele próprio é novo nesta casa. Infelizmente, só chega das férias daqui a duas horas. Mas tenho a certeza que ainda irás lidar muito com ele.

Volto-me para o meu pai. Está mesmo atrás de mim. O meu velho tem uma estatura poderosa. Emana força. Não tenho vontade nenhuma de o deixar ir agora embora.

A minha mãe já foi ver o quarto. Sigo-a. O quarto é pequeno, bem diferente daquele que o prospecto mostrava. O parquete castanho claro está deteriorado, há sítios com buracos. Contra cada parede do quarto foi empurrada uma cama. Ambas as camas são velhas. Estilo rústico. Ao centro encontra-se uma grande secretária com duas cadeiras. Em cima do tampo de uma delas está uma almofada com o emblema da águia. Encostados à parede estão dois armários. Um deles fechado. O outro deve ser para mim. De resto, há ainda duas mesinhas-de-cabeceira e duas estantes que devem servir para pôr os livros. Pelo menos é isso que presumo. As paredes são brancas. Só sobre a cabeceira da cama da esquerda é que foram afixados cartazes, a maior parte deles relacionados com o desporto e jogos de computadores. O meu companheiro de quarto, que os deve ter colocado, ainda não chegou. O pai e o senhor Richter seguem-nos até ao quarto. Três malas e um saco são pousados no chão. Estou a pensar na secretária Lerch. Há trinta anos aqui emparedada. Richter abre uma gaveta da secretária e tira de lá um letreirozinho, quatro *punaises* e um martelo. A seguir, sai do quarto e prega o letreiro na porta. Mais tarde leio:

Este quarto 211 é ocupado por Janosch Alexander Schwarz (classe 9) e Benjamin Lebert (classe 8)

E pronto, agora já é oficial. Vou ficar por cá. Se possível até ao *Abitur**. Os meus pais vão-se embora. Despedimo-nos. Vejo-os afastarem-se pelo corredor. Oiço o ranger da porta. Os passos no soalho de madeira. A escadaria. O senhor Richter acompanha-os. Ele prometeu voltar em breve. Tem que conversar ainda com os meus pais sobre o assunto financeiro. Não é propriamente a sessão ideal para eu assistir. Só espero voltar a vê-los o mais brevemente possível. Agarro numa das malas e começo a tirar as coisas e a arrumá-las. Roupa interior, *sweatshirts*, camisolas, *jeans*. Porra, onde é que se meteu a minha camisa aos quadrados?

Janosch diz que a comida é má. Péssima, mesmo. E isso sete dias na semana. Ele está de pé na casa de banho a lavar os pés. Eu fico à espera. Todos os lavatórios estão ocupados. É uma casa de banho grande. Seis lavatórios, quatro duches. Tudo forrado a azulejo. Tudo coberto. Cinco alunos estão à espera, como eu. Os outros continuam na sorna.

A água escorre pelo chão. Nos chuveiros não há cortinados de plástico. Os meus pés ficam molhados. Espero que não demore muito até chegar a minha vez.

Mas ainda demora bastante. Janosch põe-se a espremer uma borbulha. Depois são lavadas as mãos. Quando chega a minha vez, não consigo ver nada. O espelho está embaciado pelo vapor do duche. Nada má, a sensação. Janosch fica à minha espera. Decido apressar-me. Lavo depressa os dentes e a cara. Depois seco as mãos. Saímos os dois juntos do balneário, que fica só a dez metros do nosso quarto. Corremos pelo corredor. Contaram-me que lhe chamam o «corredor das putas». Ou a «passagem de Landorf», por causa do educador. Moram aqui dezasseis alunos de várias idades. Entre os treze e os dezanove anos. Repartidos em três quartos de três, três de dois e um individual. O quarto individual é para o gajo mais esquisito do internato. Chama-se Troy. Já não me consigo lembrar do seu apelido. Janosch farta-se de falar dele. Diz que é estranhíssimo e já cá está há imenso tempo. Há mesmo uma eternidade.

---

* Exame de admissão à universidade. *(NT)*

O nosso educador Lukas Landorf surge no corredor das putas. Não nos chateia. Os cabelos pretos, despenteados, caem-lhe para a testa. Os óculos são antiquados. Não é muito mais alto do que eu. Só um bocadinho. Janosch diz que Landorf nunca muda a camisola verde. É um forreta. Um unhas de fome suábio, diz Janosch. De resto até nem é mau tipo. Não tem a mania da autoridade. Finge que não vê as festas. Até deixa entrar as raparigas nos quartos. Um sorna. Há outros educadores que são bem mais tesos das orelhas.

Lukas Landorf vem ao nosso encontro. Sorri. O seu rosto é jovem. Não pode ter muito mais do que trinta. — Então? — pergunta. — O bom do Janosch já te mostrou tudo?

— Sim — respondo. — Tudo.

— Só falta a biblioteca — diz Janosch. — Esquecemo-nos dela. Posso mostrar-lha.

— Não, não podes. Amanhã vamos ter um dia cansativo. Ponham-se a andar para a cama! — E com estas palavras Landorf afasta-se de novo. Tem um andar desajeitado. Parece que já está com saudades das férias. Eu também. Desta vez, foram só uns diazinhos no Tirol do Sul. Não deu para mais. E incluiu uma zaragata com a Paula, a minha irmã mais velha. Mas foi o paraíso. Agora posso afirmá-lo.

Vamos para o quarto. Janosch quer falar comigo. Trata-se de uma rapariga pela qual se apaixonou. Por estas bandas essa coisa da integração acontece rapidamente. Ainda não passaram sete horas desde que cá cheguei, e já estou a ouvir confissões sobre raparigas. E eu, que nem sequer sou um tipo desse género.

E isso não é só por causa da minha deficiência. Não. Com as miúdas tenho tido, até agora, tanta sorte como com a escola. Isto é: nenhuma. O meu forte sempre foi o observar. Ver como os outros gajos engatam as miúdas, pelas quais ando de beicinho. Lá nisso sou um campeão. Janosch não pára de palrar. O desgraçado mete dó. Fala de ramos de flores, luzes cintilantes e peitos infinitamente grandes. Eu fico a pensar no assunto e dou-lhe toda a razão. Um borrachinho desses deve ser fantástico. Sento-me na cama. Sinto dores na perna esquerda. É todas as noites a mesma história. Há dezasseis anos que me dói a perna esquerda. A minha perna deficiente. Quantas vezes a quis arrancar? Cortá-la e deitá-la fora, juntamente com o braço esquerdo. Para que precisarei eu desses dois apêndices? Só para me aperceber de tudo aquilo que eu não posso fazer: correr, saltar, ser feliz. Mas nunca o fiz. Talvez precise deles para aprender matemática.

Ou para foder. Sim, possivelmente é para isso que eu preciso da maldita da minha perna. Janosch mudou entretanto de tema. O assunto agora é a sua infância. Ele diz que a sua vida antes era mais bonita do que agora. E diz que seria baril pisgarmo-nos do internato. Simplesmente isso. Por causa da liberdade. Para o Janosch é a coisa mais importante. Ainda mal cá cheguei, mas também gostava de pôr-me a milhas. Disso tenho a certeza. Correr até mais não poder. Fumamos cigarros. No fundo, é proibido, mas isso agora não interessa. Janosch acendeu o meu com um fósforo. Eu próprio não consigo fazê-lo. Para isso preciso das duas mãos. Se o Lukas Landorf aparecer, atiramos os cigarros pela janela. Estamos sentados na posição adequada. A janela está aberta de par em par. Janosch olha para mim, parece cansado e cheio de sono. Os seus olhos muito azuis lacrimejam, a sua cabeleira oxigenada pende cada vez com mais frequência para o cobertor da cama. Janosch ergue o tronco, apaga o cigarro, esmagando-o de encontro ao peitoril da janela e atira-o lá para fora, para o parque de estacionamento que se encontra às escuras. Há algumas horas eu estava ali. Agora estou aqui. Nos meio dos acontecimentos. Talvez seja bom. Também eu deito fora o meu cigarro. A seguir deitamo-nos, preparados para dormir. Ou, mais precisamente, tentamos adormecer. Janosch fala da Malen, a tal miúda. — Ela é incrivelmente cara — diz. Isso deixa-me de boca aberta. A maior parte dos rapazes que conheço nunca diriam uma coisa dessas sobre as suas miúdas. Janosch diz apenas que ela é cara. E mais nada. Não me parece má ideia. Espero que consiga sacá-la. A noite está limpa de nuvens e não se vê a lua. Como tantas vezes, estou sentado à janela.

Levanto-me ensonado, deixando atrás de mim uma noite estafante. Pouco consegui dormir. Uma eternidade sentado à espera. Lá fora, a madrugada. Talvez seja um sinal, talvez não, quem o pode dizer? O despertador toca. É um som detestável. Soa a *primeiro dia de escola*. Soa a Matemática, muito provavelmente soará também a *nota 6.* Mas não vamos pôr o carro à frente dos bois. Desligo o despertador. As *jeans* pretas e a *T-shirt* preta com o *The Wall* dos Pink Floyd estão preparadas. Arrumei-as ainda ontem no meu lado da secretária. A mãe preparou-me tudo, teve o cuidado de pôr as duas peças em cima, mesmo ao lado dos livros escolares. E vejam lá se não há coincidências! Visto-me. Ainda tenho algum tempo até ao pequeno-almoço. O caminho já eu conheço. Janosch mostrou-mo. Ele ainda está a dormir. Talvez devesse acordá-lo. Ouvi dizer que quem chega tarde é castigado. Mas ele deve saber as linhas com que se cose. Dentro do bolso das calças encontro uma folha. Reconheço imediatamente a caligrafia elegante do meu pai:

Querido Benni,
Eu sei que estás a atravessar uma fase difícil. E também sei que em muitas coisas estás agora apenas dependente de ti próprio. Mas lembra-te, por favor, que isso é o melhor para ti e não percas a coragem.
Papá

Não percas a coragem. Porque é o melhor para ti. Belas palavras. Uma maravilha. Mas não nos podemos queixar. Vou guardar esta carta. Talvez a possa mostrar mais tarde aos meus filhos. Para que eles saibam que o pai foi um valentão. Mas que valentão o seu velhote foi! Volto a meter o papelinho no bolso das calças. E ponho-me a caminho do pequeno-almoço.

O refeitório encontra-se na outra ala do castelo. Atravesso o corredor das putas, desço as intermináveis escadarias que dão para a galeria principal e chego finalmente ao escritório do director do internato. Depois atravesso o corredor onde fomos recebidos, passo pelo quarto da senhora Lerch e desço as escadas que vão dar à ala ocidental, a qual conduz directamente ao refeitório. As escadas da ala ocidental são velhas, a cada passo os degraus rangem e gemem, como que implorando que os não pisem. O refeitório é enorme, há aqui lugar para, pelo menos, dezassete mesas. E em cada uma delas podem sentar-se, no mínimo, oito alunos. Nas paredes, forradas com as madeiras mais preciosas, encontram-se pendurados quadros verdadeiros. Mostram cenas de guerra, de paz, de amor e, como não podia deixar de ser, lá está a amiga águia, carregando às costas a sua mochila escolar. Sento-me a uma mesa lá para o fundo, só um miúdo da quinta classe me faz companhia. A carcaça é seca. A tentativa de a barrar com manteiga falha, porque não sou capaz de agarrar o pão com a mão esquerda. Todos os esforços são em vão. A carcaça voa e vai parar ao outro lado da mesa. Duas miúdas que estão sentadas na mesa em frente a observar tudo começam às risadinhas. Fico envergonhado. Vou buscar o pão e peço ao puto da quinta que mo barre. — Quantos anos tens? — pergunta ele.

— Dezasseis — respondo.

— Com dezasseis já se devia saber pôr manteiga no pão — constata. E dá-me a carcaça seca. As raparigas a casquinar. Bebo chá.

— Aos dezasseis anos já se devia saber manejar um esquadro — constata o professor de Matemática Rolf Falkenstein. E entrega-mo, sem me ajudar a desenhar a prova de caso de congruência. Pouca sorte a minha. E aqui estou eu no meu primeiro dia de aulas. Abano a cabeça. E as coisas até nem sequer começaram mal. As primeiras horas, Francês e Inglês, correram bem, acabei por me desenvencilhar sem problemas de maior da famosa cantilena de apresentação, que eu tanto odeio. O costume. Pôr-me diante da classe, sem saber o que fazer com as mãos, e desembuchar:

— *Alô, pessoal. Chamo-me Benjamin Lebert, tenho dezasseis anos e sou um aleijado. Só para o caso de ainda não terem reparado. Acho que a informação acaba por ser de interesse mútuo.*

A classe 8B, na qual me encontro agora, até nem reagiu mal: uns olhares meio à socapa, um burburinho, uma primeira avaliação da minha pessoa. Para os rapazes passei a ser um desses idiotas sempre presentes, com o qual já não vale a pena contar; e para as miúdas deixei pura e simplesmente de existir. Até aí, tudo bem.

A professora de Francês, Heide Bachmann, disse que no internato do Castelo Neuseelen não interessa se alguém apresenta ou não uma deficiência. Em Neuseelen o que importa são os laços de solidariedade e as competências sociais. Ainda bem que me explicaram isso. A classe 8B não é grande: doze alunos. Comigo incluído. Nos liceus oficiais é completamente diferente, aí nunca são menos de trinta e cinco. Mas aí também não é preciso pagar. Aqui é a doer. Os velhos pagam que se fartam. Estamos sentados como uma grande família, dispostos em forma de ferradura perante o professor. Quase de mãos dadas, tanto é o amor que nutrimos uns pelos outros. Enfim, coisas de internato: um grupo, uma amizade, uma família. E o senhor professor de Matemática Rolf Falkenstein é o nosso papá. É um gajo grandalhão, quase um metro e noventa. Tem um rosto pálido e os ossos malares proeminentes. O tipo de homem com a idade estampada na cara. Cinquenta. Nem mais aninho nem menos aninho. O cabelo do Falkenstein é gorduroso, a cor quase irreconhecível. Deve ser qualquer coisa como cinzento mesclado. As suas unhas são compridas e sujas. Sinto-me um boca-do intimidado. Com um gesto brusco, bate com o seu grande esquadro de encontro ao quadro e risca uma linha, que atravessa uma construção geométrica. Acho que deve ser uma linha recta, ou uma coisa do género. Tento copiá-la para o meu caderno. Mas não consigo. A porcaria do esquadro passa a vida a escorregar. Por fim, lá consigo desenhá-la à mão. Sai-me uma construção esquisitíssi-ma, mais parecida com um papagaio do que com uma recta. No final da aula, Falkenstein diz-me para ir ter com ele. — Tu vais precisar de explicações — explica. — E, por aquilo que me foi dado ver, pelo menos uma hora por dia.

Sinto-me invadido pela felicidade. — Tudo bem. Se é mesmo preciso... — E ponho-me a andar.

2

À tarde, vou até à aldeia com os rapazes. Não é longe. Neste primeiro dia, a hora dos trabalhos escolares foi agendada para mais tarde. Até o Troy veio connosco. Muito calado, lá vai arrastando os pés, atrás de nós. De vez em quando, volto-me para ele.

— Troy, o que fazes? — pergunto.

— Nada — responde.

— Mas tens de fazer qualquer coisa!

— Não tenho, não senhor — diz ele.

Deixo-o em paz. O matulão segue atrás de mim. Pelo canto do olho, posso ver o seu cabelo negro cortado à escovinha. Paramos para fumar. Todos entram na onda: Janosch, o Félix gordo, o Félix magro, Troy e também o pequeno Florian, da sétima, a quem todos chamam a «Menina». — E então, como é que foi o teu primeiro dia de aulas? — pergunta ele. E dá uma passa. Os olhos lacrimejam e começa a tossir.

— Passou-se — respondo.

— Passou-se quer dizer merda, não é? — pergunta ele.

— Passou-se quer dizer merda — confirmo.

— O meu também se passou — diz ele. — A Reimanntal quer que eu copie três vezes as regras internas.

— E tu vais copiá-las? — pergunto.

— Achas-me com cara disso?

Não, não tem cara disso. Os seus olhos verdes deitam chispas. Tem um ar de rufia. Os seus cabelos castanhos escuros estão despenteados. Fica a olhar para longe, o cenho franzido.

Ponho-me a pensar na minha casa. Não há casa mais bonita em toda a Munique. E não fica a mais de uma hora de carro. Não é longe, embora neste momento seja para mim inatingível. Até nem é nada de especial. Um edifício em tijolo pintado de azul, numa pequena rua plana. Rodeada por dois relvados. Nada mais. Não obstante, é a casa mais bonita de toda a Munique. O que estaria eu agora a fazer, se lá tivesse ficado, em vez de vir para o internato? Ler, escrever, talvez dormir uma sesta. Também podia estar a ajudar a mãe a lavar a loiça. Ou a ajudar a Paula, a minha irmã lésbica, a consumar o seu último engate: Sylvia, a filha dos nossos vizinhos. Com muito cuidadinho, para que os pais não soubessem de nada. Nisso eles são muito sensíveis. Coisas de velhos. Mas para mal dos meus pecados, não estou em casa. Neste momento, estou no internato ou, mais precisamente, acocorado numas escadas de aldeia.

Estou aqui sentado a conversar com o Florian, a quem todos chamam «Menina». Ele dá uma nova passa no seu cigarro. E tosse. Desta vez com mais força. Janosch vem ter connosco.

— A nossa linda «Menina» não aguenta o tabaco — diz. — Mas não estejas triste, ainda hás-de lá chegar. — E ri-se. Depois senta-se ao meu lado, na escada, e abre uma lata de cerveja *Warsteiner*. Pusemos o Troy de vigia. Está ali à frente, junto ao arbusto de sabugueiro. Se aparecer por aí um professor ou um educador, ele dá o alarme. De contrário, estamos lixados. Pode ir até a uma semana de suspensão do internato. Quem é que sabe ao certo? Os piores castigos são por fumar e beber. Janosch dá-me um toque no ombro.

— O que se passa? — pergunta. — Estás outra vez com complexos por causa da tua estúpida deficiência? O melhor é não levares isso demasiado a peito. Todos nós somos deficientes. Olha só para o Troy! Além disso, podias estar pior. Só por causa dessa tal paralisia do lado esquerdo não precisas de te borrares nas calças!

— Não estava a pensar na minha deficiência — digo. — Estava a pensar na minha casa. De qualquer forma, obrigado.

— Na casa como? — quer saber Janosch. — Olha, tenho muita pena, mas aí não te posso ajudar. Todos nós queremos voltar para casa. Só que não podemos. Temos que ficar aqui. Todos nós somos uma espécie de almôndegas metidas numa maldita lata de *Chappi*. Estamos todos a nadar na mesma sopa de merda. E ali o nosso gordo Félix é sem sombra de dúvida o pedaço mais suculento.

Levanto-me devagar. Vou ter com o Félix gordo. Vê-se que está aborrecido. — Não te chateies — digo. — Ele não está a falar a sério.

— É claro que não está a falar a sério — diz o Félix. — Mas bem podia estar calado. Eu não tenho a culpa de ser gordo. E tenho a certeza que o nosso amigo Troy também não tem culpa de ser mais calado do que um túmulo. Somos assim e pronto.

— Tens razão — concordo.

— Sabem o que eu acho? — lança o Félix magricelas nesse preciso momento.

— Diz lá então o que achas — diz Janosch.

— Eu acho que nós somos uns heróis.

— Heróis? — repete Florian, a quem todos chamam a «Menina».

— E porquê precisamente heróis?

— Porque as garotas gramam-nos à brava — responde o Félix.

— Um gordo, um aleijado, um mudo e um burro. Está-se mesmo a ver que são esses os tipos a que as gajas dão bola, não é?

— Ainda não reparei nisso — responde o Félix gordo. — As miúdas gostam é dos matulões loiraços, que dão cartas no desporto e podiam entrar num filme. Como o Mattis, por exemplo. Achas que as miúdas podiam gostar de um gordo como eu?

— O Mattis é uma cobra — rosna o Janosch. — É preferível gramar um gordo como tu. Ou um como o Benni. Olhem só para ele, malta! Não se vê mesmo que ele é o tipo de gajo por quem as miúdas ficam doidinhas? Cabelos castanhos curtos, olhos azuis, nem um grama de gordura. Temos entre nós o último grande herói.

Durante um instante, gozo a atenção do pessoal. — Se vocês sonhassem — consigo dizer. E olho para mim. Ainda tenho vestido a *T-shirt The Wall* dos Pink Floyd e as calças pretas. Os meus pés estão metidos nuns *Puma Disk* com fecho de torção. Ninguém diria, mas já foram brancos. Agora apresentam uma cor indefinida, entre o cinzento e o preto. Mas são os únicos sapatos que consigo usar. É que não me entendo com os atacadores. Janosch é da opinião que eu não preciso de me borrar nas calças só por causa disso. Apesar de tudo, não me sinto lá muito à vontade com estes ténis. Talvez seja apenas uma questão de hábito. Bebo mais um gole de cerveja.

Descemos até à praça principal da aldeia. É esquisito, mas fico com pena de todos. Todos os cinco. Começando pelo Félix gordo. Filho único, nascido numa família brutal, como me contou o Janosch. Nunca teve grandes amigos. A não ser os doces. Tornou-se dependente das guloseimas. Agora todos o tratam por Bolinhas ou Obelix. Ele odeia essas alcunhas. Só que não pode defender-se delas. Elas acompanham-no desde os primeiros tempos aqui na escola e ainda o irão perseguir quando ele levar para casa com o exame do *Abitur*. E isso ele iria conseguir de certeza. Porque o Félix gordo é um bom aluno. A média anual nunca tem sido inferior a 1,7. Até em Matemática ele é forte, diz o Janosch. Mas não lhe peçam para dar explicações. Diz-se que exige que lhe paguem em guloseimas. Mas isso são bocas, não está nada provado. De resto, o Félix é um puto porreiro. Tem alergia a guerras e lutas. Talvez por acabar sempre por comer porrada.

Ao lado do Félix, está o pequeno Florian, a quem todos chamam Menina. O Janosch diz que ele é incrivelmente frágil e sensível. Aos seis anos, perdeu os pais num desastre de carro. Desde então quase não fala, limitando-se apenas a responder quando lhe fazem uma pergunta. Já cá anda desde a quinta classe e quando as férias chegam vai ter com uma avó que vive em Hohenschäftlarn, uma velhota que o apaparica com uma espécie de mimos insuportáveis. Ele é um dos poucos alunos do internato cujos pais ou parentes não são ricos. Está aqui graças aos serviços de assistência a menores. Apesar de tudo, lá tem conseguido adaptar-se.

Sobre Félix magro não há quase nada a dizer. É tão novato como eu. Chegou há três semanas. Desde então tem tentado entrar no grupo, diz o Janosch. É boa pessoa e nunca fez mal a ninguém.

Por fim, Janosch diz que o Troy é o verdadeiro primitivo de Neuseelen. Está agora na décima segunda classe. Há oito anos que por cá anda. A sua vida é feita de silêncio. Ninguém imagina o que poderá haver por detrás da fachada. Diz-se que tem um irmão às portas da morte. Ao certo, não se sabe nada. Ninguém conhece os pais, ninguém sabe nada da família.

Resta o Janosch. O meu colega de quarto. O do nono ano com sentido de humor. Passa a vida a rir às gargalhadas. Também não sei nada sobra a sua família. O Félix gordo diz que o pai de Janosch é um multimilionário que negoceia em acções. Mas ao certo não se sabe de nada. Talvez venha um dia a descobrir.

Atravessamos a praça. Está quase vazia. São poucas as barracas que fazem hoje negócio. Florian compra uma cerveja. Põe-se à coca, não lhe vá um educador aparecer pela proa. Mete imediatamente a lata num saco de plástico. Depois vem a correr ter connosco. — Ouvi dizer que a nossa pedagoga sexual anda por aí à solta — diz. — Parece que se instalou no consultório do doutor Beerweiler. Podemos contactá-la sempre que o queiramos. Aposto contigo a minha caneca de cerveja, Janosch, em como não te atreves a ir ter com ela agora.

— E por que carga de água é que eu tinha de ir ter com ela agora? — resmunga Janosch. — A minha vida sexual foi uma merda, é uma merda e sempre será uma merda. Não é agora uma bicha psicoavariada que irá modificar alguma coisa nisso.

— Não precisas de falar muito — responde Florian. — Diz só que és maricas. E que o teu educador não acha lá muita graça ao assunto.

— E podes crer que não — atira o Félix gordo.

— Além disso — continua Florian —, pensa só no prémio. Sempre quiseste ter uma caneca daquelas. Por uma coisa dessas bem podes passar pelo ridículo, ou não?

— «Menina», sempre me saíste cá um punheteiro! — atira Janosch, soltando uma das suas gargalhadas.

— Bem sei, bem sei — concorda Florian. — Mas pelo menos não bato pívias a pensar em rapazinhos.

Pomo-nos então a andar em direcção ao consultório do doutor Beeerweiler, o médico de Neuseelen. Que se encontra no outro extremo da aldeia. Temos que atravessar muitas ruas e vielas estreitas. Os carros mal conseguem passar. Só quando chegamos à capela de Neuseelen é que as coisas voltam a melhorar. Aqui há muito trânsito. Os rapazes estão excitadíssimos. Todos querem falar ao mesmo tempo. É só propostas e tácticas. Janosch mantém-se *cool*. Dá uma passa no seu cigarro. Parece que não há nada que o faça perder a calma. Chegamos à casa em que se encontra instalado o consultório. É um edifício meio esquisito. Arte Nova.

As janelas são de vidro fosco. Cá fora já cheira a consultório. À direita foi afixado um letreiro de latão:

Consultório do Dr. Josef Beerweiler
Consultas: Seg. — Sex. das 8 h às 14 h 30.

Pode ler-se.

Por baixo, encontra-se uma folha com o seguinte texto:

Sexo e outros assuntos do género
Centro de orientação para jovens e adultos que têm prazer no sexo.
De 03.01 a 12.01 encontramo-nos à vossa disposição no consultório do doutor Beerweiler.
Consultas também possíveis sem pré-marcação oito horas por dia.

Ao lado do texto está desenhado um rapaz. Este agarra no seu órgão sexual e ri-se. Por cima, na nuvenzinha, pode ler-se: *Os homossexuais também são bem-vindos.* Florian, a quem todos chamam a Menina, aponta para a frase. — Estás a ver — diz. — Parece que vem mesmo a calhar para o nosso Janosch. — E, sem mais demoras, empurra-o para dentro do prédio. Nós seguimos atrás deles. O consultório está situado no rés-do-chão. Não precisamos de subir escadas. Subir escadas equivale sempre para mim a sentir dores. E neste momento não tenho vontade nenhuma de sentir dores. Janosch toca à campainha. A porta abre-se automaticamente com um som agudo e arranhado. Entramos. Somos recebidos por uma alcatifa lisa e azul, nas extremidades da qual se elevam paredes alvíssimas e brilhantes. Cheira a consultório. Temos de atravessar um corredor comprido até chegarmos à recepção. Uma senhora ainda nova, loira, maquilhada e com óculos de aros prateados encontra-se sentada por detrás de uma secretária.

— O que deseja? — pergunta. Tem um ar de má. Parece estar sob *stress*. Janosch adianta-se.

— Nós... queríamos ir para o centro de orientação «sexo e coisas do género».

— A segunda porta à esquerda — disse ela, erguendo um tudo nada a voz.

Ela é erótica. Estou contente por a ter encontrado. Decido voltar cá sozinho. Talvez um pouco mais bem arreado. E talvez traga também uma flor, ou uma coisa do género. Mas isso fica para depois, ainda não é altura. Chegamos a uma porta castanha. *Sexo e outros assuntos do género*, pode ler-se. O Félix gordo desata a rir. As suas orelhas ficam vermelhas. Está visivelmente nervoso.

— Há quem tenha aí qualquer coisa para morfar? — pergunta.

— É só para saber, por acaso até me está a apetecer trincar qualquer coisa.

— Cala o bico, Bolinhas — soa de todos os lados. Janosch bate à porta. Uma voz frágil responde:

— Entre, por favor!

Calculo que a voz tenha quarenta e três anos. Talvez um pouco mais nova. Entramos no pequeno quarto. Está tudo atafulhado de coisas, quase que não há lugar para nós. Por detrás de uma secretária vermelha e castanha, por sinal bem bonita, acho que até ficaria bem no meu quarto do internato, está sentada uma mulher loira. O seu rosto é um pouco enrugado. Na verdade, deve ter mesmo os quarenta e três. Os olhos são de um verde estranho. Chamam a atenção. De resto, é uma criatura de pele bastante clara. Em frente à secretária estão dispostas três cadeiras de cabedal preto. Nas paredes estão penduradas imagens pornográficas. A maior parte delas mostra a posição do missionário. Também se vêem umas mulheres a fazerem broches a uns tipos todos musculosos. O Félix magricelas e eu sentimo-nos logo atraídos por aquilo. A senhora loira, pelo contrário, ergue-se.

— Chamo-me Katharina Westphalen — diz. — Vamos ter de certeza oportunidade para nos conhecermos melhor. Vocês vêm do internato Neuseelen, não é verdade?

— Sim — responde o Félix gordo, que não pára de fitar o recipiente de vidro grosso com os ursinhos de goma que se encontra numa das duas mesas do lado.

— Não se importa que eu tire um? — pergunta delicadamente.

— Mas com certeza — responde a Westphalen.

Janosch e eu abanamos a cabeça.

— Então sobre o que é que desejam falar? — pergunta a Westphalen. Janosch vira-se para o Florian.

— A minha caneca? — pergunta num murmúrio.

— É tua — confirma Florian.

— No fundo, só tenho uma coisa para dizer — diz Janosch virado para a Westphalen. Vê-se agora que o sangue também lhe subiu à cabeça.

— Como é que te chamas? — pergunta ela.

— Janosch — responde ele.

— E então sobre o que é que queres falar?

O Félix gordo tem um sorriso de orelha a orelha. Acabou de meter à boca um ursinho de goma. A tensão aumenta. Todos têm os olhos postos em Janosch.

— Bem — acaba este por responder. E olha à sua volta. — O que se passa é que eu sou *gay* e gostava de ter sexo com o Troy. E enquanto diz isto aponta para ele. — Mas tenho medo que o educador nos apanhe em plenas funções. Como é que ele iria reagir? Ou, melhor dito: Como é que um educador deve reagir? Com uma suspensão? Com três semanas de serviço no refeitório? Por que raio é que os *gays* não podem ser simplesmente *gays*? Não é verdade, Troy?

Não há dúvida que o Janosch atingiu neste momento a sua máxima forma. Ele bem merece a caneca e está-se borrifando para o que a senhora Westphalen possa pensar sobre ele. E também não quer saber se a Westphalen liga ao educador. Agora ele é simplesmente o maior. Ganhou com toda a justiça a caneca e os seus amigões irão jurar-lhe fidelidade e amor para toda a vida. Depois disso o que lhe poderá ainda acontecer?

— O que achas tu sobre tudo isto, Troy? — pergunta Westphalen. Troy permanece em silêncio.

— Estará ele com vergonha? — pergunta ela, virando-se de novo para Janosch.

— É claro que está envergonhado. Olhe só para ele! Quem é que não sentiria vergonha numa situação destas?

Troy dá um passo para a direita. Uma raiva infinita espelha-se no seu rosto. Os seus olhos contraem-se. Por vontade dele, desatava agora aos gritos. Está-se mesmo a ver. Mas a verdade é que não consegue. O grito perde-se dentro dele. O Félix gordo vai ter com ele.

— Não te chateies — sussurra. Precisamente as mesmas palavras que eu há pouco utilizei. Talvez o possam ajudar. Troy continua calado. O seu rosto, porém, ilumina-se um pouco. Sempre é alguma coisa. Janosch, esse, não nota nada. Escuta atentamente e cheio de gozo os ensinamentos e as propostas da Westphalen. E sorri.

Meia hora mais tarde, quando já tudo terminou e nós nos encontramos de novo na praça da feira, soa a voz do Félix gordo:

— Posso perguntar-vos uma coisa?

— Diz lá — responde Janosch.

— Porque é que fizemos isto?

— Porque o Janosch queria ficar com a minha caneca — responde Florian. Mas isso já tu o sabes.

— A tua caneca — repete Félix. — Só por causa da tua estúpida caneca? Se fosse só por causa disso, mais valia estar quieto.

— Estar quieto e não fazer nada seria aborrecido — responde Janosch. — Topa-me só! Andar por aí pendurado durante todo o tempo? Não, se é assim, então eu prefiro ir ter com a Westphalen e ouvir os discursos dela. Mesmo que seja só por causa duma estúpida caneca. Olha, penso que essa foi a vontade de Deus.

— De certeza que Deus não quis que as coisas se passassem assim — responde o Félix gordo. — Estás-me a ver Deus a fazer força para que nós fôssemos visitar a terapeuta sexual?

— Mas é claro que Ele gostaria disso. Não somos adolescentes?! De alguma maneira, os adolescentes têm que saber como é que se fode.

— Deus não tem lá grande carinho pelos fornicadores — rebate Félix.

— E achas que Ele curte os masturbadores? — quer saber o outro Félix.

— Se não for assim, estou bem lixado com Ele. — E desata a rir. Todos riem. Até eu me rio, embora não ache lá grande piada à discussão. Vê-se que o Félix está a falar a sério.

— Não me digas que acreditas ainda no velhote das barbas refastelado no seu trono lá no Céu? — pergunta Janosch.

— Claro que sim — responde o Félix gordo. — Eu acredito Nele. E tenho a certeza de que Ele é mais bondoso do que tu! Não anda por aí a gozar as pessoas. Perante Ele todos são iguais. Tu, pelo contrário, passas a vida a ridicularizar os outros. Olha só para o Troy e para mim.

— Eu passo a vida a ridicularizar os outros — repete Janosch. Pela primeira vez, é atacado. Suspira. — Que culpa tenho eu que vocês não saibam distinguir quando estou a falar a sério e quando estou a brincar — diz, por fim.

— Mas era bom que conseguíssemos distinguir — diz o Félix. E belisca a asa do nariz. — Não é verdade, Troy?

*

Estou sentado na retrete e fecho os olhos com força. Estou com diarreia. Talvez por causa da comida. Ou então por causa da lembrança de um dia complicado. Eu sei lá. Os rapazes passam o tempo todo a abrir a porta e a mandar papel higiénico cá para dentro.

— Caganeira! Caganeira! — ouve-se o coro do lado de fora, a gozar. Agora cantam. Tenho ainda cinco minutos até começar a hora dos trabalhos de casa. Nem que me esfole, hei-de conseguir. Que se lixe, então que venha a chatice. O que é que posso fazer?

Se há uma coisa que eu odeio é a casa-de-banho do corredor das putas. Mas é a única que aqui temos. É velha e não pode ser fechada por dentro. Quase todos os azulejos estão partidos. No chão há poças de urina. A malta aqui do internato está-se cagando para onde escorre o mijo. Se lhes der na telha, mijam mesmo para o tecto, é a coisa mais curtida que há.

*

Heide Bachmann, a professora de Francês, está hoje encarregada da vigilância. Olha para mim distraída quando eu entro na sala. Estava concentrada a ler um livro.

— Não é de muito bom tom chegar atrasado à hora dos trabalhos de casa logo no primeiro dia de escola — diz. Tem uma voz rouca. O rabo de cavalo castanho abana. Os olhos expelem faíscas.

— Eu sei — respondo. — Peço desculpa, mas...

— Senta-te — diz ela, enquanto aponta qualquer coisa no livro de classe.

— Espera! Não vás para aí. Faz o favor de te sentares ao lado da Malen!

Faço o que ela me mandou. Sento-me ao lado da Malen. O sonho de Janosch. Ela está sentada ao canto da sala de aulas. Apertada entre duas mesas individuais. Numa está sentada Anna, a amiga de Malen. Tem o cabelo loiro comprido preso em cima. O rosto é pálido, mas afável. Olha para mim e sorri. Retribuo o sorriso. A segunda mesa está vazia. É lá que eu me sento. Ouve-se um ranger agudo quando arrasto a cadeira. Todos os alunos olham para mim. Também a Malen. Ela ri-se. Uma miúda espantosa, penso. Compreendo perfeitamente o Janosch. A sua pele é clara e macia. Os olhos bondosos. Um sorriso de sonho.

— Não me podes ajudar em matemática? — pergunta, enquanto cruza as pernas. Engulo em seco.

— Infelizmente, não. Eu próprio também gostava de perceber — respondo. Malen faz um gesto com a cabeça e vira-se para o outro lado. Olho para os seios dela. Pronto, lá se foi a minha oportunidade. De um momento para o outro, desapareceu tudo. Como sempre. Dou uma olhadela ao caderno de trabalhos de casa. Não promete nada de bom:

Matemática

Física

Inglês

Francês

E tudo já para amanhã. Como se não bastasse, há ainda um relatório para escrever para Música e uma redacção sobre o tema *A Juventude e o Álcool na Alemanha*.

Deito mãos ao trabalho.

A Bachmann aparece para controlar. Tem um olhar mau. Senta-se na minha mesa. Sem dar por isso, dou comigo a pensar na minha antiga escola: Borschtallee 3, Luitpoldpark, Munique. O Himmelstoss-Gymnasium. Estive lá três anos. Um período difícil. Insucessos na escola e em muitas outras coisas. Quando muito três ou quatro testes bons. A responsabilidade era toda nossa. Mas depois podíamos ir para casa. Depois de toda aquela merda que tínhamos de suportar durante a manhã. Ali não havia horas prescritas para os trabalhos de casa. E também não havia a Bachmann. À 1 h da tarde podíamos ir para casa. Ter com a mãe. Chorar. Rir. Ter esperança. Aqui isso não se pode fazer. Aqui temos que ficar.

Ficar até apodrecermos. Ainda vai durar um pouco. A Malen levanta-se. Quer copiar qualquer coisa da menina Bachmann. Depois volta e vem para a minha mesa com o caderno de matemática aberto. Tem o cabelo loiro, que lhe dá pelos ombros, penteado para trás. A blusa vermelha deixa antever grandes segredos. O mesmo se passa com a saia curta. Depois, ela inclina-se sobre o meu ombro. Estou na lua. Se eu fosse um homem, talvez precisasse de um pouco mais para ficar excitado. Mas sou um rapaz. E um rapaz só precisa que alguém como esta Malen se incline simplesmente sobre ele. A Bachmann assina-lhe os trabalhos de matemática. Eu bem gostaria de já ter acabado os meus. Mas ainda tenho uma prova de caso de congruência inteira à minha frente.

— Parece-me que conseguiste integrar-te rapidamente — diz a Bachmann. E rói as unhas.

— Sim, consegui. Até agora tudo bem. — Penso nos meus pais. E no Janosch.

— Muito bem — responde ela. — Mesmo assim, seria melhor que não chegasses atrasado da próxima vez. Se isso se repetir, pode ter consequências muito desagradáveis para ti. — Pois é.

O rabo dela abana todo quando se dirige novamente para o estrado. Fico a olhar para ela. Depois dedico-me ao exercício do caso de congruência.

3

Para o jantar há *croissants* com recheio de baunilha. O que é bom. Muitos alunos do internato, entre eles alguns da décima, décima primeira e décima segunda classes foram a uma exposição de Arte. Assim, nós ficamos com tudo. O Félix gordo trouxe de propósito sacos de plástico. Ele quer levar uns quantos *croissants* para cima. Escondemos os sacos debaixo da mesa. De quando em quando, levantamo-nos e vamos repetir. Ninguém nota. Florian conseguiu mesmo arranjar um pouco de cacau. É difícil de conseguir, assegura Janosch. No final, há fruta. Estamos radiantes. Até o Troy se ri e vai buscar mais um *croissant*. Lá fora, neva. As pedras de granizo batem de encontro ao vidro da grande janela. É uma barulheira.

— Então, meus amigos, o que é que me dizem? — pergunta Janosch. — Vamos hoje à noite até às miúdas? — E enquanto diz isto vira-se para o educador Lukas Landorf, que está sentado na mesa em frente. Janosch sorri.

— Contigo já não vou a mais lado nenhum — responde o Félix gordo. E dá uma dentada na sua maçã.

— Não fiques logo chateado, meu — replica Janosch. — Eu não quis ofender-te.

— O Benni também já me disse isso — adianta o gordo. — Mas não ajuda.

— Porque é que o Benni também já te disse isso? — quer saber Janosch.

— Porque o Benni é *cool* — responde Florian, a quem todos chamam a «Menina».

— Lá nisso, ele tem toda a razão — concorda Janosch. — O Benni é um gajo mesmo *cool*. Rapaziada: O Benni é *cool* ou não é?

— O Benni é *cool* — respondem os outros. E dão-me palmadas nos ombros.

Dou comigo a pensar na minha irmã. Sinto falta dela. O que é que ela andará agora a aprontar? Se calhar, continua a ir àquelas festas das lésbicas na cidade velha. Também já lá estive. Levou-me lá várias vezes. Em segredo, é claro. Saltámos pela janela. Os pais nunca souberam de nada. E ainda bem, eles nunca iriam aceitar. Portanto, tudo ficou entre nós. E eu achei porreiríssimo. Na maior parte das vezes, eu era o único rapaz. E, ao contrário do que sucedia a outros tipos, elas gostavam de mim. Eu não fedia, não me embebedava nem arrotava e, além disso, prescindia da «merda dos rituais de discriminação das mulheres». Por isso, podia ficar. Por vezes, chegava até a ficar a noite inteira. A minha irmã ia depois levar-me a casa. Ela era a heroína da noite. Todas gostavam dela. Todas a achavam linda. No fundo, ela até nem é alta. Por volta de um metro e sessenta e quatro. Os seus cabelos castanhos, que lhe dão até aos ombros, estão sempre apanhados num rabo de cavalo. O seu rosto é claro e sem rugas. Inexpressivo. Quase nunca a vi chorar. Ou rir. Sempre aquele vazio. Grande porra. Acho que amo aquela mulher.

— Então como é que fazemos com as gajas? — pergunta Janosch.

— Como é como? — quer saber Florian.

— Só isto: vamos ou não vamos lá? — Janosch está em brasa.

— O que é que lá vamos fazer? — pergunta o Félix magro. — Já estou a ver aquilo a descambar numa espécie de «acção-tipo-caneca».

— A «acção-caneca» foi *crazy* — objecta Janosch. Ele passa a vida a dizer *crazy*. Chama *crazy* a todas as coisas excitantes. Parece que adora essa palavra.

— Queres dizer que a acção foi *crazy?* — pergunta o Félix gordo, admirado. — E também terá sido *crazy* chamares-me uma almôndega gorda de *chappi*?

— Não, isso não foi *crazy*. Isso foi um *accident*. — E Janosh desata a rir.

— Estás aqui, estás a levar um murro no trombil, que é para saberes o que é um verdadeiro *accident* — avisa Félix.

— Quer isso então dizer que hoje à noite tu também vais? — pergunta Janosch. O Bolinhas atira-lhe um *croissant* à cara. Janosch volta-se para os outros. Continua a rir.

— E quanto a vocês? Já sei que o Bolinhas alinha.

— Nós também — resmungam os outros em coro. Eu também resmungo. Como manda a lei.

— Muito bem — diz Janosch. — Eu trato das miúdas, vocês da cerveja. Encontramo-nos às 0 h 50 no nosso quarto.

Devem ser por volta das dez. Eu sei lá. Lá fora, é já noite cerrada. Estou sentado no parapeito da janela a olhar lá para fora. Ao meu lado está sentado o Janosch. A fumar.

— Podias explicar-me uma coisa, Janosch? — pergunto eu.

— Há uma data de coisas que eu te posso explicar — responde ele.

— Uma data não me interessa — replico eu. — Basta-me uma só: como é que uma pessoa se sente quando não é deficiente? Quando não se sente fraca, vazia? O que é que se sente quando se passa a mão esquerda por uma mesa? É a vida que uma pessoa sente?

Janosch fica a meditar. Passa com a mão esquerda pelo parapeito da janela.

— Sim, é isso, sente-se a vida. — Engole em seco. Depois dá uma passa no cigarro. Um ponto vermelho acende-se no seu rosto.

— E como é que se sente?

— Sente-se como se sente a vida! — diz. — No fundo, não é diferente daquilo que sentes quando passas com a mão direita pelo parapeito.

— Mas deve ser baril, ou não? — pretendo saber.

— Nunca pensei muito sobre o assunto — replica Janosch. — Mas deve ser precisamente isso: a vida significa qualquer coisa como *nunca pensar sobre isso*.

— Nunca pensar sobre isso? — repito indignado. — Achas mesmo que ninguém pensa verdadeiramente sobre aquilo que estamos a fazer neste momento?

— Cá em baixo, de certeza que não — explica Janosch. — Se alguém pensar, é lá em cima. E, quem sabe, se calhar o nosso velho Bolinhas até é capaz de ter razão com o seu velhote barbudo sentado no céu.

— Eras capaz de repetir isso mais tarde na cara dele? — pergunto eu.

— É claro que não — responde Janosch. Ficamos calados. Lá fora, começa novamente a nevar.

— Não quero ser deficiente — murmuro. — Pelo menos, não desta maneira.

— Então como? — Janosch olha para mim com um olhar interrogativo.

— Quero saber aquilo que sou — respondo. — Toda a gente sabe quem é: um cego pode dizer que é cego; um surdo pode dizer que é surdo; e um aleijado, raios me partam, pode dizer que é aleijado. Eu não posso. Eu só posso dizer que sou hemiplégico. Ou que sou espasmódico deste lado esquerdo. O que é que isso parece? De resto, a maior parte das pessoas acham que sou um aleijado. E as poucas outras acham que sou um tipo perfeitamente normal. Agora digo-te que isso às vezes ainda pode trazer muito mais problemas.

— Lá por causa disso, não precisas de ficar todo borrado — replicou Janosch. — Para mim não és nem deficiente nem normal. Aos meus olhos tu és... *crazy*. — Janosch ri. — É isso mesmo, tu não és deficiente, mas sim *crazy*.

— *Crazy*? — pergunto.

— *Crazy* — responde ele.

Começamos a rir os dois ao mesmo tempo. Faz bem. Rimos durante um bom bocado.

— Afinal qual é a miúda com quem queres estar? — pergunto-lhe quando conseguimos acalmar-nos. — É de certeza a Malen, ou não?

— É claro que é a Malen — responde ele. — Achas que seria o Florian? Esse não, muito obrigado. A Malen está num quarto de três. Vocês podem ficar com as outras duas gajas.

O olhar de Janosch torna-se melancólico. Posso ver o amor nos seus olhos. Agora vou ter mesmo de lhe dizer. Chegou o momento. Só espero que ele reaja como deve ser. Começo, alteando um pouco a voz: — Tenho muita pena, mas vou ter que confessar-te uma coisa.

— O quê? — pergunta ele.

Eu acho que também gramo a Malen. — Despudoradamente, começo novamente a rir. — Vais matar-me por causa disso? — pergunto.

Janosch também começa a casquinar. Quase mais alto do que antes.

— Disparate.

— Disparate? — repito, todo contente. — Não me digas que te estás marimbando para isso?

— Não. É claro que não me estou marimbando. Mas, para tua informação, devias saber que neste internato existem, pelo menos, cento e cinquenta gajos que andam atrás da Malen. Mais um, menos um também não faz diferença. Para além disso, tu és apenas um malandreco. Um malandreco meio *crazy*, mas ainda assim um malandreco. — Agora já não é capaz de parar de rir. Agarra-se à barriga. As suas gargalhadas tornam-se cada vez mais contínuas, e eu começo a imitá-lo, só para gozar com ele. Só quando bate com força no parapeito da janela é que consegue acalmar-se novamente. Depois vai buscar duas latas de cerveja *Warsteiner* ao seu armário. Bebe uma delas de uma assentada. A outra, coloca-a à minha frente.

— E que aspecto tenho eu? — quer saber.

— Um bom aspecto — respondo.

Ei-lo aqui, portanto, à minha frente. O meu companheiro de quarto. Janosch Schwarze. Dezasseis anos de idade. Nona classe. Liceu. Há quem diga que ele é bom em Matemática. Talvez pudesse dar-me umas explicações. Mas esse tema não é agora para aqui chamado. Para além de sermos uma constelação errada. É isso, pelo menos, o que diz o senhor Landorf. Mas, pelos vistos, continuamos a dar-nos bem. Somos aquilo que somos.

O que é que o Janosch acabou de dizer? É verdade: a vida é qualquer coisa como *nunca pensarmos nela*. É exactamente isso que nós os dois tentamos fazer.

4

— Diz lá qualquer coisa!

— O que queres que eu diga?

— Qualquer coisa, porra!

Janosch está deitado na cama e tapou a cabeça com a manta. De vez em quando, os seus olhos azuis espreitam cá para fora. Eu estou sentado na borda da cama. De forma que ele possa esticar as pernas, tal como gosta. Ainda temos que esperar. Talvez vinte minutos. Depois elas vêm. Eu estou um bocado à rasca. Tenho um certo receio dos corredores escuros e dos passos no soalho de madeira. Sempre temos uma grande caminhada à nossa frente. Se o Janosch não andou a gozar comigo, vai ser mesmo preciso trepar pela escada de segurança para chegar ao andar de cima, onde se encontra o corredor das raparigas. É que neste momento as portas já estão todas fechadas. Por isso, temos que ir pela janela. Está-se mesmo a ver que um aleijado como eu faz isso com uma perna às costas.

Janosch encarregou-se de abrir a janela durante o dia. Ainda pensei que um educador a pudesse fechar. Mas isso eles não fazem, Janosch tem a certeza. Agora quase que adormeceu, e eu tenho que despertá-lo. Foi ele próprio que o disse: vinte minutos antes do começo da acção, a necessidade de dormir torna-se mais intensa. É preciso ser um homem para ultrapassar essa fase de fraqueza, explicou o Janosch. Ainda por cima, quando vamos ao encontro das miúdas. Eu também já quase que não consigo abrir os olhos. Tento acender dois cigarros. Desta vez, consigo fazê-lo. Janosch levanta-se. Em cima da cama encontra-se uma revista da

Playboy. Duas gajas do grupo *pop* Mr. President despiram-se. Até nem são nada más. Ficamos a pensar nisso.

— Queres ter filhos algum dia? — pergunto a Janosch, enquanto me debruço sobre o peito da Danii e da T.

— De qualquer forma, quero ter sexo — responde Janosch. — E quando tiver um filho, ele também deve poder ter sexo. Eu quero ter sexo, e o meu filho também deve poder ter sexo. — E ri.

— Janosch, estou a falar a sério — digo com ar severo.

— É claro que quero ter um filho — replica ele. — Se puder, até gostava de ter dois. — E dá uma passa no seu cigarro. — Gosto de miúdos. Quero saber como é quando o teu filho vem ter contigo aos tombos e te assegura com a voz toda entaramelada: Pai, eu não estou bêbado. Podes confiar absolutamente em mim.

— Não me digas que isso aconteceu contigo? — pergunto.

— É claro que isso já aconteceu comigo — responde. — É mesmo o género de coisas que me estão sempre a acontecer. Deve ser por causa dessas e de outras parecidas que eu tenho uma relação tão boa com os meus velhos.

E Janosch começa novamente a rir. É a típica risada à Janosch. Uma torrente. Um arfar. As pálpebras estremecem. É capaz de grunhir como um porco. Só que agora parece um pouco mais cansado. Voltamos a enfronhar-nos na *Playboy*. Dantes tínhamos cartazes de super-heróis pendurados no nosso quarto. Agora são as super-tetas que estão penduradas no nosso quarto. No fundo, continuamos a ser uns rapazinhos.

Lá estou eu a pensar outra vez no meu pai. Um gajo bondoso. Há já dezasseis anos que o tenho como pai. E ainda não cheguei a percebê--lo. Ele é qualquer coisa como um astrónomo amador. Pelo menos, é isso que ele diz que é. Em casa da sua mãe, lá no campo, construiu um observatório astronómico. Não é uma coisa muito grande. Uma pequena cabana de madeira, em cima do telhado da garagem da avó. Mas não deixa de ser confortável. Às vezes, durante a noite, leva-me lá para cima. Aos fins-de-semana e nos feriados. Nessas alturas costumamos conversar sobre a vida. Eu percebo pouco daquilo que ele diz. Ele fala com palavras pomposas e expressões técnicas.

Mas, de vez em quando, lá consigo adivinhar o que ele quer dizer, por exemplo, quando fala sobre o *seu* pai. Às vezes, o avô tem grandes dores. Farta-se de fumar e o cancro devora-lhe o pulmão. E outras vezes o meu pai chateia-se simplesmente com a minha mãe. Nessas alturas, eu também consigo adivinhar o que ele quer dizer. E compreendo-o. O meu pai quer o melhor para mim. E isso eu sei. E eu acho que isso é já uma razão suficiente para querer o melhor para ele. Ele adora os Rolling Stones. Um grupo de *rock* do antigamente. Todas as vezes que eles se encontram em *tournée*, o meu velho leva-me aos concertos. Ele tem esperança que também eu passe a gostar da sua música. Não é o caso, mas mesmo assim acho baril. Fico contente pelo meu velho. Porque ele está contente. E também fico contente por nós os dois ficarmos contentes. E isso é bom. Acho que o céu hoje deve estar sem nuvens.

— Não me importava nada de dar uma foda com a Victoria das Spice Girls — diz o Janosch. E aponta com o dedo para uma fotografia da banda *pop* na *Playboy*. — Ela tem umas excelentíssimas mamas.

— Não conheço lá muito bem as mamas da Victoria — observo.

— O Félix gordo também não — responde Janosch. — E isso não o impede de estar sempre a falar delas. Por isso, não te preocupes, que não vale a pena.

Nesse instante, abre-se a porta. Uma cara larga olha cá para dentro. Não há dúvida que pertence ao Félix gordo. O tufo de cabelo louro não engana ninguém. As bochechas gordas também não. O seu corpo volumoso encontra-se enfiado num pijama apertado do Pumuckl, por entre o qual se vão libertando, lenta mas laboriosamente, as banhas da pança. Os olhos são pequenos, marcados pelo sono.

— Já perdi alguma coisa, seus dorminhocos? — pergunta.

— Quase nada, só a Victoria das Spice Girls — responde Janosch.

— A Victoria das Spice Girls? E o Félix gordo começa a arfar. — Aonde?

— Aqui! Janosch mostra-lhe a revista da *Playboy*. O Félix atira-se para a frente, com passos rápidos e bamboleantes. Atrás dele aparecem Florian, Troy e o Félix magro, que entram no quarto em bicos de pés. Ninguém os pode ouvir. As actividades nocturnas são severamente punidas.

— Não me digas que não tem umas tremendas tetas — diz o Bolinhas entusiasmadíssimo, enquanto ergue a revista para que esta seja iluminada pela luz do candeeiro da mesinha de cabeceira.

— Tu não percebes nada disso — replica Janosch. — Além disso: uma gaja como essa nunca hás-de tu ter! Não é verdade, malta? — pergunta Janosch. — Uma como esta nunca lhe há-de ir parar às unhas, não é?

— Não — respondem os outros. — Uma como essa nunca há-de ter.

— E pensas que eu não sei — responde o Félix gordo. — É por causa disso que me odeio.

Janosch ri-se. — Normalmente a malta nova só se odeia por duas únicas razões — diz. — Ou por serem demasiado gordos, ou porque nunca tiveram relações sexuais. Félix, meu velho, podes crer que eu percebo porque é que tu te odeias.

O Bolinhas encheu o saco. Toma balanço e atira-se para cima da cama de Janosch. Ouve-se um gemido de dor. Cobertores e almofadas voam por todo o lado. Uma pequena cena de pancadaria tem início.

O gordo não tem hipóteses. Janosch não tarda muito a imobilizá-lo. Mas Félix ainda não desistiu e tenta, com as pernas, empurrar Janosch contra a parede. Para o conseguir atira as pernas para trás do próprio tronco. Parece indefeso, a estrebuchar, com o rosto escondido. O mesmo não se pode dizer do seu grande rabo. Esse vê-se perfeitamente. As calças do pijama estão quase a rebentar pelas costuras. Já não vai durar muito. As calças escorregam para baixo e é-nos apresentado um rabo nu. Janosch, Troy, os outros e eu próprio desatamos a rir. Os dois contraentes separam-se.

— Porra, bem podias tornar-te lutador de sumo — diz Janosch. Está a recolher a sua roupa de cama espalhada pelo chão.

— De acordo — responde Félix. — Mas só quando tu fores para a Câmara trabalhar nas latrinas. — E sorri, enquanto segura com o polegar e o indicador da mão direita as calças do pijama à altura das ancas.

— E um de vocês, meus grandes sacanas, podia agora informar-me como é que eu vou subir a escada de salvamento com isto neste estado? — E aponta, com a mão esquerda, para as calças.

— Mas tu és um adulto — replica Janosch trocista. — Não me digas que não sabes como te vais desemburrar! Ainda por cima como lutador de Sumo, Bolinhas, puxa mas é pelo toutiço!

— Quem é que me perguntou se eu queria ser adulto?! — responde Félix. — Com a nossa idade safamo-nos muito melhor. Ou não é verdade, malta?

— Cala mas é o bico — atira Janosch. — Não estamos aqui no psicólogo. O tema agora é cerveja e sexo. E não sobre como queremos continuar a ser crianças.

— Mas eu estou cheio de sono — diz Florian, a quem todos chamam a «Menina».

— A ti, ninguém te perguntou nada — responde Janosch. — Vocês disseram que vinham e agora só têm mesmo que vir! Trouxeram a cerveja?

— O Troy tem-na aí! — diz o Félix magro. — Ele tem umas bolsas enormes. E, além disso, não se põe a cantar.

— Ele nem sequer abre o bico para piar, como é que poderia cantar? — pergunta Janosch.

— Também não faço ideia — replica Florian. — De qualquer maneira, é ele que traz a cerveja.

Janosch suspira.

— Muito bem — sussurra. — Então temos tudo. Como é que isso vai, Benni?

— Estou preparado.

*

E aí vamos nós. Uma vez mais, uma acção no fundo completamente absurda. Novamente os seis da vida airada. Janosch diz que a inutilidade das acções é precisamente aquilo que nos caracteriza. E, bem vistas as coisas, acho que ele tem toda a razão. Ei-las, que se desenrolam com todo o aparato, as acções inúteis em pessoa. É só olhar para o Florian, por exemplo, o Florian a quem todos chamam a «Menina»: traz vestido um casaco de pijama vermelho-castanho e umas cuecas brancas. Os seus pés descalços pisam o chão de linóleo. Segundo o Janosch, ele já esteve várias vezes durante a noite no corredor das raparigas. Pelos vistos, é lá muito apreciado. Diz-se também que deitou o olho à Anna. A amiga da Malen. Ele passa mesmo a vida a deitar o olho a alguém, diz o Félix. Às vezes, chega mesmo a deitar o olho três vezes por semana. Isco ao mar, só que raramente tem sorte. Ele é sempre o amigalhaço. Nunca o consideram um *lover* a sério. Por isso, fica pior que uma barata. O que é certo é que nada o impede de tentar sempre de novo. De acordo com a máxima de Janosch.

Ao seu lado, segue o Félix gordo. Diz-se que ele só muito raramente sobe até ao corredor das miúdas. Não consegue falar com miúdas, explica o Janosch. Parece que os olhos lhe saltam da órbitas e passa todo o tempo a falar de coisas completamente descabidas. Como o futebol, por exemplo. Janosch está convencido que o futebol tira o gás todo às miúdas. É como se se falasse de pesticidas. Por isso é que os outros o deixam beber à vontade. Quando ele bebe, adormece rapidamente. E enquanto dorme não anda por aí a dizer merdas, diz o Janosch. Para a subida da escada de salvação deram-lhe uma mola de roupa. Félix prendeu com ela as calças do pijama. Quando ele corre, a mola acompanha os movimentos do corpo. É estranho, parece que tem um rato escondido.

Atrás dele seguem o Félix magro e o Troy. Os dois grandes desconhecidos. Ninguém sabe muito sobre eles. Do Troy diz-se mesmo que nunca se apaixonou por uma rapariga. A única coisa de que ele gosta é do silêncio. Os seus cabelos negros espetados estão agora um pouco despenteados. De resto, está na mesma. Um rosto comprido e liso. Sem borbulhas, só umas quantas no pescoço. A pele é pálida. Provavelmente, nunca conheceu um raio de sol. Diz-se que o bom do Troy se está nas tintas para as actividades nocturnas. De uma forma ou de outra, ele não consegue dormir. Embora acompanhe frequentemente a malta, parece que passa a maior parte do tempo sentado a um canto. Nunca diz uma palavra. E também nunca ninguém se interessou por ele. Ele está apenas ali. Como a lua ou as estrelas.

Para o Félix magro esta é também a primeira vez. Somos os dois novatos. E, tal como eu, também ele está visivelmente nervoso. As pernas nuas tremem-lhe. Tem apenas vestidos uns calções com um padrão colorido. Está de tronco nu. Félix é muito musculoso. Os abdominais todos desenhados. Para a Malen deve ser muito atraente, penso eu. O gajo tem, de certeza, muito mais para oferecer do que eu.

Pronto, e chegámos já ao penúltimo do grupo: o bom do Janosch. Também ele deixou o casaco do pijama no quarto. Afinal de contas, também não quer passar por fracalhote. Tem apenas vestidas as suas calças *grenat*. Um pouco enroladas para cima, para que se vejam as fortes barrigas das pernas. Pediu emprestado a Charlie, um outro aluno do grupo de Landorf, uns óculos. Acho que quer fazer-se passar por inteligente. Não tenho a certeza se, de facto, o consegue. São uns óculos estreitos, com lentes quadradas. Armação preta. Florian diz que, pela vontade de Janosch, nós iríamos todas as noites ao corredor das raparigas. Ele gosta é de curtir. Da adrenalina. Além disso, anseia por poder finalmente ver os seios da Malen. Parece que ela lhe prometeu mostrar-lhos. Durante uma destas noites. Quando ele foi lá ter sozinho. O Félix gordo diz que são tudo tretas. Ninguém lhe prometeu coisa nenhuma. De tantas tetas já não consegue ver a realidade à frente dos olhos. As tetas necessitam de muita táctica e abnegação, diz o Félix. Elas não vão assim parar à mão de qualquer simplório. E muito menos de um rapazinho baixote, com os cabelos oxigenados, uma cara de lua cheia e uma bochechas descaídas. Isso então é impossível. Apesar disso, Janosch é um verdadeiro chefe. Um grande chefe até. É ele quem consegue manter unida a alcateia. Se for preciso com um bom pontapé no traseiro, diz o Félix. É nisso que ele é bom. É isso que ele sabe fazer. Ao seu lado, bem junto a ele, segue o último do grupo: eu próprio. Cuidadosamente, vou pondo o pé esquerdo à frente do direito. Com a unha do dedo vou riscando a parede. Está bastante escuro. Sinto um bocado de receio. Nunca fiz uma coisa destas até agora. As actividades nocturnas nunca foram uma grande especialidade minha. Prefiro dormir. Janosch diz que eu sou um chato. Tenho muito tempo para dormir, quando estiver morto. Além disso, teria oportunidade de ver a Malen. E quando vir a Malen, fico logo sem sono, assegura Janosch. É capaz de ter razão. Vejo à minha frente o sorriso simpático da Malen. O cabelo. Os olhos. Será que ela vai ficar contente por me ver? Se calhar, quer mas é dormir. Não lhe posso levar a mal por causa disso. Penso na minha cama. E nos meus pais, que agora dormem. A mãe está de certeza a sonhar comigo. É sempre assim quando eu estou fora. Provavelmente, pergunta-se se eu tenho frio, ou uma coisa assim. Está de certeza a pensar se eu levei o cobertor castanho com as listas brancas. Se calhar, também se pergunta se eu me terei esquecido de fechar a janela. Senão poderia constipar-me. Ela é assim, a minha mãe. Sempre preocupada comigo. Talvez seja por isso que eu sou tão mole. Um rapaz normal ainda se safava. Ainda havia possibilidade, de uma forma ou de outra, de equilibrar o barco. Com os amigos. Com álcool. A curtir. Mas quando uma pessoa já é deficiente, tudo se torna mais difícil. Então há sempre a propensão para nos escondermos debaixo da saia da mãe. Descansar. Respirar. Dormir.

É verdade, eu diria que sou mesmo um menino da mamã. Um superprotegido. Só tenho a minha irmã. Que, de vez em quando, me puxa cá para fora. Para a noite. Também tenho o Janosch. Esse diz-me que não me devo borrar nas calças. Se calhar, preciso dos dois para um dia poder estar sozinho na vida. Tal como preciso da minha mãe. Que eu adoro. Soa horrivelmente. Mas acho que é isto que se chama tornarmo-nos adultos. Pelo menos, é isso que dizem.

E cá estou eu a pôr outra vez o pé esquerdo à frente do direito. Os outro cinco são mais rápidos do que eu. Os seus movimentos são ligeiros e hábeis. Não consigo acompanhá-los. Lá me vou arrastando atrás deles conforme posso. O meu pé esquerdo gosta de se arrastar. Não o consigo levantar como deve ser. Falta-me a força. Apesar de estar descalço, o arrastar do pé pelo linóleo faz um certo barulho. Ecoa através de todo o corredor das putas. Janosch volta-se irritado. Formam-se rugas na sua testa. Mas, logo a seguir, reconhece a problemática e vem imediatamente ter comigo a correr.

— Vou levar-te às cavalitas — diz, desculpando-se. — Fazes muito barulho.

— Faço muito barulho? — pergunto.

— Sim — responde ele. — O Landorf ainda nos ouve. Vou levar-te às costas. Além disso, tu sempre és mais lento do que nós.

Todos se mostram de acordo, até mesmo o Félix gordo.

— Também me levas às costas? — pergunta, dirigindo-se a Janosch.

— Só se fosse para experimentar um novo método de tortura — responde este.

— Não. Simplesmente pelo gosto de me levares às costas — responde Félix.

— Vê lá mas é se as calças não te caem — sussurra Janosch.

E aponta para a mola de roupa com que Félix prende as calças do pijama. Depois, volta-se e ajoelha-se. Estou agora atrás dele. Olho para baixo com um sorriso de gozo. Trago vestido o pijama negro do meu pai. Uma peça de roupa que já deve ter por volta de vinte anos. *When the going gets tough, the tough gets going*, pode ler-se. Uma velha máxima do *rock*. O meu pai adora-a. Há uma eternidade. Se isto não é uma coincidência, então não sei. Tenho a pele um pouco suada. Estou a tremer e tenho um sabor horrível na língua. Ao almoço tivemos lentilhas guisadas. Mas talvez seja por causa dos *croissants* de baunilha da véspera. Acho que devo ter comido demasiado.

Enfio as pernas à volta das ancas de Janosch. Do lado direito não tenho qualquer dificuldade. Mas com a perna esquerda é que são elas. Preciso de algum tempo. Félix e os outros ajudam-me. Janosch tem de permanecer agachado um pouco mais de tempo. Depois ergue-se. Sou impulsionado para cima com um repelão e quase caio. Rapidamente, ainda consigo enlaçar o pescoço de Janosch com o braço. Recomeçamos a andar. Aí estamos nós, novamente. Nós os seis. E a noite. O corredor das putas. A lua.

Às cavalitas de Janosch está-se bem. Melhor do que se tivesse que andar eu próprio. E seguimos bem depressa. Apenas um pouco aos solavancos. Tenho que tomar atenção, para não bater com a cabeça num sítio qualquer. Os tectos no corredor do Landorf são muito baixos. Com um salto pode-se tocar neles com a ponta dos dedos. Janosch avança inclinado para a frente. Já está a suar um bocado. Mas lá se vai aguentando.

Um homem é um homem, diz ele. Um bicho é um bicho. Os dois Félix piscam o olho. Sorriem. Florian segue ao lado dos dois. Dá a ideia de poder adormecer de um momento para o outro. Troy segue na retaguarda. O seu rosto é inexpressivo. Enfiou as latas de cerveja por dentro do casaco do pijama. Podem ver-se bem, mesmo aqui às escuras. Formam cá umas proeminências! Mas isso parece não lhe interessar para nada. As minhas pálpebras fecham-se cada vez mais. Penso na minha cama. Na Malen. E nos meus pais. Que agora estão a dormir.

5

— Será que todos os rapazes costumam fazer merdas como esta? — pergunta o Félix gordo, depois de termos percorrido o corredor do Landorf.

Tivemos todo o cuidado para não fazermos barulho. Janosch diz que a estas horas o educador ainda costuma por vezes estar acordado a jogar jogos de computador. Dizem que tem um fraquinho pelo póquer. Mas isso é apenas um boato.

— A que espécie de merda é que te referes? — pergunta Janosch.

— Vamos ter com as miúdas à noite — responde Félix. — E ainda por cima, subimos pela escada de salvação! Fazem ideia da multa que representa a utilização da escada de salvação sem ser durante uma urgência?

— Eu sei lá qual é a multa — responde Janosch. — Já fizemos isso milhares de vezes juntos. Porque é que estás agora tão à rasca? Ainda não percebeste que somos heróis? Aí o teu homónimo acabou de o dizer.

— O meu homónimo é um punheteiro — responde Félix. — Ele não sabe nada de nada.

— Exactamente — diz Florian, a quem todos chamam de «Menina». — Nenhum de nós sabe o que quer que seja. E na condição de heróis podemos fazer tudo aquilo que nos dá na telha. E não é uma escada de salvação que nos vai impedir de o fazer.

— Será isso a que costumam chamar a lógica da juventude? — quer saber o Bolinhas.

— Não. É a lógica dos masturbadores compulsivos — responde o Félix magro.

— A lógica dos punheteiros e heróis — acrescenta Janosch.
Uma risadinha abafada ecoa pelo patamar. Talvez ecoe através do corredor das putas até à porta do quarto do educador. Mas ninguém liga a isso. Nós seguimos em frente. Lentamente, começo a sentir-me ridículo empoleirado em cima do Janosch. É como se não fosse independente. Como se não pudesse andar pelo meu próprio pé. Mas isso eu consigo. Pelo menos sempre o consegui até agora. Porém, não digo nada. Ele só iria dizer para eu não me borrar nas calças. E a esta altura do campeonato não estou propriamente com vontade de ouvir isso. Através das janelas vejo o céu. Uma imensa superfície negra. Equipada com estrelas solitárias e brilhantes. Uma coisa mesmo bonita. É inacreditável que algumas delas já tenham deixado de existir. Há as que morreram. Só que nós não conseguimos ver isso. A luz precisa de demasiado tempo para chegar à Terra. No horizonte vêem-se os Alpes. São apenas reconhecíveis como formas, mais escuros do que o céu. Foram então estes Alpes que Aníbal atravessou. O meu professor de História passava a vida a falar disso. Tenho que confessar que eu passava a vida a dormir. A dormir e a sonhar. Foi na altura em que eu tinha acabado de me apaixonar por uma colega de turma. Chamava-se Maria. Era indiscritivelmente bonita e tinha cabelo escuro. Trazia sempre uma *T-shirt* apertada, que só no decote se separava da pele. De forma que cada um podia olhar para o que estava lá dentro. Uma coisa de pasmar. Ela disse-me que não sentia nada por mim. Eu era esquisito demais para ela. Além disso, ela gostava era do Marco. O Marco era um bom amigo meu. Acabaram por namorar um com o outro. Uma vez, numa festa de Verão, andaram engalfinhados na casa de banho das senhoras. Eu fiquei lá fora de sentinela, para os avisar. Ia-me saltando o coração pela boca. Pois é, a adolescência é a idade mais bela de todas. Tanto na escola como nas outras merdas, passamos o tempo a fazer experiências importantíssimas. Mas é verdade o que dizem os velhos. Não me consigo lembrar de nenhuma altura da minha vida em que não estivesse pelo beicinho. Até no jardim de infância eu achava as miúdas lindas. Por outro lado, também não consigo lembrar-me de uma altura em que andasse com alguém. Deve ser porque sou tão esquisito, como diria a Maria. Mas que raio é que isso significa: ser

esquisito? Será esquisito ir à noite ter com as miúdas montado nas costas de um amigo? E trepar pela escada de emergência? E, ainda por cima, acompanhado pelo Troy? E, ainda por cima, acompanhado pelo Florian, a quem todos chamam a «Menina»? Será esquisito essa coisa de o Félix andar com uma mola de roupa a prender-lhe as calças? Para que elas não lhe escorreguem pelo cu abaixo? E o Janosch, será esquisito? Ou trata-se apenas de um herói esquisito? Quem me dera estar-me nas tintas para tudo isso. Quem me dera voltar a interessar-me pelos super-heróis. Porque eles são mais fáceis. As raparigas não são assim tão fáceis de compreender. Eu acho que *elas* é que são esquisitas.

Os cinco rapazes param ao fundo do corredor. À sua frente encontra-se uma grande janela. O Félix magro abre-a.

— Pronto, cá estamos nós — diz.

— A escada de emergência? — pergunto eu.

— A escada de emergência — confirma o Janosch.

Ele abaixa-se para me deixar sair. Durante um instante, vacila. Parece que não vai conseguir manter o equilíbrio. Mas acaba por aguentar-se. Agora posso descer. Tenho uma sensação estranha nas pernas. Como se já há séculos não andasse. As minhas costas estão frias, as calças coladas ao rabo. Vou até à janela e olho lá para fora. Janosch, Florian e os dois Félix também se aproximam. Toda a gente fica com o olhar perdido na escuridão, a fumar. Uns pontos vermelhos acendem-se na escuridão. Troy fica atrás. Quase que não conseguimos ver a sua silhueta. Uma sombra profunda esconde-lhe o rosto. Volto a dedicar a minha atenção à janela, que mais parece uma porta envidraçada. De cada vez pode passar pelo menos um adulto. O que é normal, pois trata-se de uma saída de emergência. A janela-porta move-se, agitada pelo vento. Parece que lá fora está uma grande ventania. O Félix magro não devia ter aberto já a janela. Os outros ainda estão a fumar. Faz frio. Agora eu não fumo. Posso fazê-lo quando estiver lá em cima. Além disso, tenho que me pôr a pau para não exagerar. Para um puto de dezasseis anos já ando a fumar demais. *Marlboro*, é claro. Porque sou um burro. Só os idiotas é que fumam *Camel*, acha o Janosch. E é claro que idiotas é coisa que nós não somos. Os meus pais afirmam sempre que eu não fumo. Caíam para o lado se soubessem. Especialmente a mãe, que é naturista. Diz que cada cigarro que se fuma provoca danos terríveis no organismo. Mas ela própria fuma. Essa é uma das coisas que eu não consigo compreender. Mas é o que acontece a cada passo com os meus pais. Passam a vida a proibir-me coisas que eles próprios fazem ou já fizeram no passado. Se calhar, é por causa disso que discutem tanto. Nos últimos tempos, tem havido cada vez mais cenas. Como filho fico completamente desamparado, sem saber o que fazer. É um vazio enorme, que dói. Muitas vezes penso que o melhor seria que eles se tivessem separado. Pelo menos não precisava de aturar toda aquela merda. Mas, ao mesmo tempo, estou contente por poder contar com o apoio dos dois. Com a sua amizade. Enquanto família, claro. Se calhar, tudo isto é uma grande treta. Mas mexe comigo. Não é uma coisa que eu possa esquecer. Acompanha-me onde quer que esteja. É que eu gosto dos meus pais. Como casal e não separados. Uma pessoa começa logo a pensar nas férias comuns e na alegria. Nos Natais. E depois penso nas discussões. Nas constantes zaragatas. Às vezes, discutem por causa da minha educação. Outras vezes, o tema é a relação deles. Mas também pode acontecer que desatem aos berros só porque cada um deles acha que é o outro que deve ir trocar a grade das bebidas na loja. A minha irmã acha que é esse o único motivo que levou ao meu internamento: para que fique livre das zangas. Agora é ela que os tem de aturar. Sozinha. Completamente sozinha.

Até agora ainda não telefonei para casa. Talvez esteja com medo de ouvir a mãe chorar ao telefone. Medo da irmã desesperada. Dos receios do pai. Quando ainda estava em casa, tentava sempre ver o lado cor-de-rosa das coisas. O bom tempo, por exemplo. Ou um programa de televisão interessante. Os momentos que estávamos juntos. Muitas vezes engolia pura e simplesmente as discussões. Ainda hoje dou comigo a afastá-las da memória.

Talvez isso até seja bom. Mas é um trabalhinho que se vai tornando cada vez mais difícil. No fundo é tudo uma grande merda. E agora tenho que trepar por uma escada de incêndio. O vento sopra-me na cara quando espreito para fora da janela. Apesar do corte curto, os meus cabelos ficam todos despenteados. O pátio interior está iluminado por um pequeno candeeiro. Que nem sempre está aceso, diz o Florian. Essa luz ajuda os educadores a *caçar*. *Caçar* é o termo empregue pelos alunos internos de Neuseelen quando são apanhados por um educador numa actividade ilegal. O Janosch acha que ser caçado é a absoluta negação do ser *crazy*. E ri. Mas aqui a nossa linda escadinha encontra-se um pouco ao lado da janela. De forma a que seja possível alcançá-la facilmente com um pequeno salto para o lado direito. Resumindo e concluindo, ela é pois pura e simplesmente inatingível para mim. Eu não salto. E saltar em comprimento, então, disso nem se fala. Mesmo que haja um incêndio. Prefiro morrer queimado a ter que dar um salto sobre o vazio.

Janosch, Félix e os outros atiram as beatas para o pátio. Dão um passo em frente. Janosch põe o pé direito no parapeito da janela. Segura o maço de cigarros aberto entre o polegar e o indicador e deixa-o cair para dentro das calças do pijama. No lado direito pode agora ver-se uma proeminência rectangular. Está no lugar certo, não lhe irá impedir os movimentos. Janosch está preparado para o salto.

— Agora digam lá se não somos *crazy* — lança triunfante.

— Não somos *crazy*, mas sim uns completos imbecis — responde o Félix gordo zangado. A velha história. Já deu para perceber que os dois passam a vida às cabeçadas.

— No fundo não existe nenhuma diferença entre ser *crazy* e ser imbecil — cochicha Janosch, soltando umas risadinhas nervosas.

— Sim. No fundo, não — confirma o Bolinhas. — Mas na prática, sim. E na prática podes ter a certeza que não sou eu que vai trepar outra vez por esta escada.

— Eu... também não — acrescento num murmúrio.

— Mas no fundo, no fundo vão fazê-lo, não é? — pergunta Janosch. E com esta jogada descarta-nos por completo. Acabou-se a oposição.

Já não há argumentos que contem. O chefe deu-nos um pontapé no cu. Florian põe-se ao seu lado em cima do parapeito da janela. O Félix gordo tenta ainda fugir com o rabo à seringa. Mas está quase a arrebentar de riso:

— Porra, e se as calças me caírem?! — pergunta desesperado.

— Então esta merda deste pátio pindérico tem, finalmente, algo de interessante para ver — replica Janosch. — E não digam que não seria porreiro. Quando o nosso director Richter traz para aqui os caloiros e lhes mostra tudo, também lhes diz que têm muito para ver. Então pronto, mostra-lhes o que é teu!

Agora riem-se todos. Até o Troy ri. Saiu do seu canto.

Por baixo do casaco do pijama ainda tem as latas de cerveja. Entretanto, já deve estar morna. Janosch faz-me um sinal para que suba também para o parapeito da janela. Ele acha que devíamos saltar um a seguir ao outro. Como dois verdadeiros heróis. Logo que chegasse a um degrau da escada podia puxar-me para si sem qualquer problema. Nem sequer iria precisar de saltar. Não obstante, continuo com medo. É inexplicável. A minha testa está banhada em suor. Os joelhos tremem-me. A brincar, a brincar, ainda são uns dez metros. Janosch salta. Nem chega a demorar um segundo. Já está pendurado na escada. Os seus pés procuram o último degrau. Após cerca de meio minuto encontra-se seguro e faz sinal.

— Tenho medo das alturas — digo. — E se cair?

— Não cais nada — responde Janosch. — Só se for nos meus braços. Eu estou aqui. E se até o Gordo consegue, tu também hás-de conseguir. — O Bolinhas estica a cabeça e espreita para fora. As suas bochechas gordas estão rosadas.

— Pois, pois. Eu já te vou dizer o que consigo quando estivermos lá em cima.

— Isso já estou eu farto de saber, meu amor — responde Janosch. — Agora, Benni, toca a andar!

Pois bem. Então vou ter mesmo que saltar. Tão difícil também não há-de ser. Durante um breve instante, encontro-me suspenso no ar. Depois agarro a mão de Janosch. Ele ajuda-me a encontrar um degrau. Trepamos um pouco mais para cima. Florian salta. Tem que haver lugar para ele. Porém, o meu lado esquerdo está a causar-me alguns problemas. Aqui chegados, está na hora de acrescentar que trepar não é uma das minhas actividades favoritas. No fundo basta olhar para um escadote para entrar em pânico. O meu pé esquerdo atrapalha-se e fica preso nos degraus. A mão escorrega e perde o apoio. Quanto mais alto estou, pior se torna a situação. E aqui estou muito alto. E, como não podia deixar de ser, descalço. A escada é de aço. Cada passo que dou nos degraus redondos provoca dores. Deus queira que não falte muito. E tudo isto só por causa das miúdas, penso. Agora venham-me dizer que não preciso delas. Na segunda noite já estou pendurado como um tarado no muro de um castelo só para ir ter com elas. Mas assim é que é, diz o Janosch. Assim é que está certo. Nós precisamos delas e é tudo. Como precisamos da luz, ou do oxigénio. Até o Bolinhas precisa delas. Porquê ninguém o sabe ao certo. Agora é a vez dele saltar. Com uma mão agarra as calças, com a outra o degrau. E o Troy, será que ele também precisa das miúdas? Ele aí está, o salto não parece constituir problema para ele. Estamos completos. Janosch é da opinião que também o Troy sente alguma coisa pelas miúdas. Não pode deixar de ser assim. Dizem que ele acha a Uma Thurman fantástica. O Florian acha que de mamas ela não é nada de especial. Só naquele fato apertado do filme do Batman é que vale alguma coisa... Ao lado da escada de incêndio encontra-se um letreiro. Estou mesmo a passar por ele. É em bronze e está preso à pedra com quatro cavilhas prateadas:

Escada de emergência, pode ler-se.

Todo e qualquer uso indevido é punido por lei. Engulo em seco.

Muito bem. Já estou quase em cima. Vejo a janela do corredor das raparigas. Janosch está mesmo a chegar. A janela está aberta. A vidraça move-se na escuridão. Janosch agarra-se ao parapeito.

*

— Tenho uma pergunta — diz o Félix magro, quando o puxamos para o corredor das raparigas. Está a tremer um bocado. Malen para aqui, Malen para acolá, talvez tivesse sido mais aconselhável vestir mais alguma coisa.

— Pergunta lá — diz o Janosch desafiante. E empurra para cima os óculos, que durante a escalada lhe tinham escorregado pelo nariz abaixo.

— Acham que houve alguém a assistir a esta acção? E se alguém tiver assistido? Será que ele mais tarde nos há-de louvar pela coragem demonstrada?

O Félix magro está a falar a sério. A sua voz soa rouca. Talvez se note também alguma dúvida. Mas, no fundo, também há muita verdade nas suas palavras. O Félix é esperto. Quase nunca o vejo a gozar com os outros. O Bolinhas diz que é o nosso filósofo. Eu acho que ele tem razão.

— E em quem é que, por exemplo, estás a pensar? — pergunta Florian, a quem todos chamam a «Menina».

— Talvez em Deus — responde o Félix. — Acham que está alguém lá em cima a ver-nos?

— Ninguém nos está a ver lá de cima — responde Florian.

— Mas então porque é que fazemos toda esta merda? — quer saber Félix.

— Talvez precisamente porque ninguém nos está a ver — responde a «Menina».

— Mas então não teríamos de ter todos um cagaço de morte da vida? — informa-se Félix.

— E não temos?! — responde Janosch. — Cada passo que damos é penoso.

— Mas ainda agora estavas ali pendurado à Tarzan — diz o Bolinhas.

— Não conseguirei sempre aquilo que quero, mas podes ter a certeza que vou experimentar aquilo que posso — ripostou Janosch.

— Mas o que é que tudo isto tem a ver com o medo da vida? — pergunta o Bolinhas.

— Isto tem muito a ver com o medo da vida — assegura Janosch. — Também não sei porquê. A sensação constante de querer alcançar qualquer coisa, talvez.

— E tu já conseguiste alcançar qualquer coisa? — pergunto.

— Ouve lá uma coisa! — responde Janosch. — Acabei de trepar aquela escada com o Bolinhas e contigo. E tu vens dizer-me que eu ainda não consegui nada.

— Não é a isso que me refiro — esclareço.

— Então de que é que estavas a falar?

— Se ainda há alguma coisa que te espera na vida! — respondo severo.

— Lebert, eu tenho dezasseis anos. E não trezentos e quatro. Há muita coisa ainda que me espera. Estás a ver ali aquele quarto com o letreiro: Malen Sabel, Anna Marz e Marie Hangerl?

— Sim — respondo.

— Pois essa é a próxima coisa que está à minha espera! E amanhã esperam-nos outras coisas. O Francês, por exemplo. Ou a
Matemática. Enfim, é a juventude.

— A juventude é uma merda — responde o Bolinhas. — Nunca temos tempo. Temos sempre que fazer alguma coisa. Por que
raio é que tem de ser assim?

— Porque se não fosse assim, iríamos adiar tudo para o dia
seguinte — responde o Félix magro. — Enquanto se adia uma
coisa, a vida passa por nós sem darmos por isso.

— Onde é que foste desencantar isso? — pergunta o Florian.

— Nos livros, penso eu — responde o Félix.

— Nos livros? — insiste Florian. — Eu pensava que nos livros
vinha a data da Segunda Guerra Mundial e merdas do género. Ou
a diferença entre uma frase principal e uma frase relativa.

— Sim — concorda o Félix. — Isso também está escrito nos
livros. Mas também há livros que contam como a vida é, acho eu.

— E como é que é a vida? — pergunta o Bolinhas.

— Exigente — responde o Félix.

Toda a malta sorri

— E nós também somos exigentes? — quer saber Janosch.

— Não sei — replica Félix. — Acho que estamos precisamente
na fase em que temos de descobrir o fio à meada. E quando desco-
brirmos o fio à meada, então também seremos exigentes.

— Não percebo patavina — adianta Florian indignado. — Então afinal o que é que somos, antes de sermos exigentes?

— Antes disso somos, acho eu, aqueles que procuram o fio.
Toda a juventude não passa de uma única e imensa procura do fio.

— Mas a juventude é uma grande merda — responde Janosch.
— Embora... olha, eu acho que ainda é melhor andar à procura do
fio do que ser exigente. A vida é demasiado complicada.

— Sim — responde Florian. — Mas as miúdas são um tesão.

— Afirmativo — concorda Janosch. — As miúdas são um
tesão. — Mas às vezes ainda conseguem ser mais complicadas do
que a vida em si.

— E as miúdas não são a própria vida? — pergunta o Bolinhas.

— Pelo menos um bom naco dela — concorda Florian.

— Que naco? — pergunta o Bolinhas.

— Aquele que vai do pescoço ao umbigo — responde Florian.

— E a vida será feminina? — pergunta o Félix magro.

— Mas com certeza — replica o Bolinhas.

Janosch tira duas latas de cerveja do casaco de pijama de Troy. Quer apresentá-las à miúdas. Logo que entrar no quarto. Quer mostrar-lhes que deu uma trabalheira doida trazê-las cá para cima. Janosch é da opinião que a Malen gosta de rapazes que desempenham tarefas difíceis. Acha que é *sexy*. Nesse caso vou, com toda a certeza, ter dificuldades em impressioná-la. E o bom do Troy também já se distanciou do assunto, pois pôs todas as latas no chão. O soalho de parquete é castanho escuro, com rectângulos do tamanho de um prato. Cada passo que se dá ouve-se. Mas a educadora vive no outro extremo do corredor, Florian diz que ela não nos pode ouvir. Janosch bate às portas dos quartos. É um bater abafado, como um pulsar. No grande corredor quase que ecoa. O corredor das raparigas é maior do que o corredor das putas. Aqui há dezasseis quartos. Todos se encontram numa fila, uns a seguir aos outros. O Bolinhas é da opinião que aqui os educadores têm imensa dificuldade em *caçar*. Há quartos a mais e todos eles são enormes. Os armários e os nichos oferecem possibilidades de esconderijo. Mesmo mil educadores não seriam capazes. Janosch bate novamente, desta vez com mais força. De dentro chega até nós uma voz abafada. É inequivocamente a voz da Malen. — Nós já estamos à vossa espera — diz. — Entrem lá!

Janosch ri. Os seus olhos expelem faíscas. Bebe um gole de cerveja. O Félix gordo empurra-o com o ombro. Entre os dois estabelece-se uma curta troca de olhares. Para o encorajar, Janosch põe-lhe o braço por cima dos ombros. Depois entra no quarto. Os outros entram logo atrás dele, todos nervosos. Nem mesmo o Troy consegue esconder a sua pressa em entrar. Eu, pelo contrário, espero um pouco. Fico parado no corredor das raparigas. Apoio-me num pé e no outro, observo as paredes, que são brancas. Inacreditavelmente brancas. Uma data de quadros pendurados. Em grandes molduras quadradas de vidro. Todos eles mostram-nos fotografias de cinco animados anos de internato. Pelo menos é isso que leio. Imagens da alegria e da tristeza. Talvez uma dúzia delas. Numa fotografia reconheço Malen, que se prepara para atacar um obstáculo no seu *snowboard*. Os seus cabelos compridos loiros esvoaçam ao vento. Sorri meio aterrorizada. Pergunto-me se ela será feliz. E haverá, no fundo, um único aluno interno feliz? Janosch diz que ninguém é feliz aqui. Todos vêm de situações familiares complicadas. Ou então são apenas podres de ricos. E esses são, regra geral, ainda mais infelizes.

Nos prospectos do internato têm todos que sorrir, diz ele. É sempre assim. Arreganhar a tacha, para que depois ainda mais infelizes possam sorrir para a fotografia. É a lei do internato, que vigora há séculos.

— Então o caloiro não quer entrar? — diz uma voz vinda do interior do quarto. Eu apronto-me para entrar. Não quero que elas se chateiem, nem coisa do género. Além disso, não quero que voltem a berrar em direcção ao corredor. Com o tempo isso pode tornar-se perigoso, penso eu.

— É claro que ele quer entrar — ouve-se a voz de Janosch dizer. — Durante toda a noite esteve em pulgas para vir. E fez questão de subir sozinho as escadas de emergência. Marimbou-se nos nossos avisos.

Entro no quarto. É sensivelmente o dobro do nosso. Encontram-se aqui três camas, dispostas por toda a superfície. Até dispõem de um pequeno fogão. O soalho é de parquete, como o do corredor. Só que um pouco mais claro. Os rectângulos do tamanho de pratos são idênticos. Há aqui três janelas. Durante o dia o quarto deve ser extremamente claro. Em frente a cada uma das janelas encontram-se três secretárias de madeira em estilo rústico, todas elas da mesma cor do parquete. Tal como os três grandes armários, que estão ao lado das secretárias. Na parede estão afixados cartazes. Nem vale a pena contá-los, tantos são eles. Todos eles mostram um gajo a rebentar de músculos, que lambe o *soutien* duma tipa qualquer. Ou então é o Leonardo DiCaprio. Não posso com o Leonardo DiCaprio. Não é que ele tenha qualquer culpa, mas todas as mulheres o adoram. Parece-me motivo suficiente. Afinal de contas, temos que ser suficientemente homens para admitir ter ciúmes de um mangelas como esse. É evidente.

6

Os outros sentam-se confortavelmente no chão. As raparigas estenderam uma manta de lã azul para esse efeito. Condiz com a cor do parquete. E agora estão ali refastelados. Os dois Félix, Janosch, Troy e Florian. Malen, Anna e essa tal Marie estão sentadas ao lado deles. Quer-me bem parecer que já se fartaram de beber. Pelo menos três garrafas de vinho vazias rolam pelo chão. E ainda uma pequena de *Bacardi O*. Agora atacam a cerveja. Malen já vai na segunda, acho eu. Janosch diz que as raparigas a beber são um caso sério. Quando lhes dá na telha, organizam ali no corredor verdadeiras festas de arrasar. Dá-lhes gozo embebedarem-se. Tenho de confessar que eu bebo muito pouco. Fico sempre com a sensação de que posso perder alguma coisa. Alguma coisa de que posso precisar. A minha capacidade de raciocinar, possivelmente. Sei lá porquê. Mas hoje é o meu dia. A tal Marie diz para eu me sentar ao seu lado. No momento seguinte já estou com uma lata de cerveja na mão. Olho para ela. Tem uma cara redonda. Olhos verdes. A pele está um pouco queimada. O cabelo comprido, castanho escuro foi puxado para cima. Os lábios são grossos. Creio que os pintou de vermelho vivo de propósito para esta noite. Mas também pode ser que seja do vinho. Os dentes são brancos, não se nota uma única mancha. Andou a pôr rímel nas pestanas. E sombra nas pálpebras. É muito magra, parece quase perdida na camisa de noite de um preto retinto. Os seios são grandes. Pelo menos é o que eu depreendo, pois a camisa não deixa antever lá muita coisa. Mas ainda hei-de lá voltar, às maminhas.

— O que é que achas disto aqui? — pergunta.

— O que é que achaste no teu segundo dia? — devolvo a pergunta.

— Hoje é o meu segundo dia — responde ela. Eu engulo em seco.

— E o que é que pensas disto agora? — quero saber.

— Bem — responde ela. — O álcool tem o mesmo sabor. E ri--se. Quando o faz, atira a cabeça para trás. Vejo o seu pescoço, que apresenta uma grande chupadela. Para o segundo dia não é nada mau. Bebo um gole de cerveja.

— Como é que te chamas? — murmura.

— Benjamin — respondo.

— Benjamin, como aquele político?

— Sim, Benjamin, como aquele político.

— É um nome bonito — diz ela. E bebe um gole de cerveja. A lata está quase vazia. Ela bebe-a até ao fim. Depois Maria amolga a lata com a sua mão escura. Ouve-se um estalido e eu vejo-lhe as unhas pintadas de vermelho.

— Não fui eu que me dei o nome — digo.

— Eu sei — responde ela. — Mas quase todos os nomes acabam por marcar a pessoa que o usa. E levanta-se. — Não há aqui alguém que me queira dar mais uma lata de cerveja?

Marie vai lentamente até à sua secretária. Vacila um pouco. No entanto, o seu andar não deixa de ser elegante. Eu acho esta miúda bonita. De uma das gavetas retira um par de velas. Vermelhas. Com pelo menos cinco centímetros de comprimento. Eu olho para a Malen. Está sentada ao lado do Janosch. Ele deve estar todo satisfeito. No chão estão duas latas de cerveja. Janosch vai-se arrastando cada vez mais para perto de Malen. Ela tem uma camisa de seda branca. Com a cuequinha a condizer. As suas pernas lindas estendem-se graciosamente sobre o soalho. Janosch está cheio de vontade de a tocar. Topa-se à légua. Não lhe posso levar isso a mal, quem é que não gostava de lhe fazer uma festinha? Malen é mesmo bonita. Pôs pó no rosto. Os olhos azuis escuros brilham como canhões de *laser*. Um gajo até fica sem respiração. As unhas dos pés e das mãos estão pintadas de azul turquesa. Uma luz estranha emana daí. Tal como a Marie, também ela tem o cabelo preso em cima. Pode ver-se o pescoço e a nuca. Através da blusa de seda apercebo-me do *soutien*. Janosch ainda não teve coragem para lhe acariciar as pernas. Uma vez e outra, a sua mão direita agita-se, sacode o ar e passa a um centímetro do alvo. Pelos vistos, Janosch está nervoso. O Bolinhas diz que, quando se trata de miúdas, o Janosch pode ficar nervosíssimo. De repente, não é capaz de fazer nada. Quando muito, desempenhar o papel de cavalheiro. Mas nisso ele não é lá grande espingarda. Fica simplesmente nervoso. Deixa de ser *cool* como normalmente. E também deixa de ser *crazy*.

Ponho-me a escutar durante algum tempo a conversa dos dois. Dão mais gritinhos do que falam. Aquele dois já estão bem aviados. Pergunto-me como é que iremos descer a escada de incêndio. Bebo mais um trago de cerveja. A primeira lata já está quase no papo. A mistela emborca-se bem. Espalha-se pelo cérebro. Normalmente não bebo muito. Nota-se. Fico outra vez a ouvir a conversa. O assunto parece ser os azares durante o sexo. Variações segundo Verona Feldbusch. Malen está a contar:

— O tipo tinha cá uma erecção. Uma erecção de alto lá com ela, digo-te. E durante mais ou menos uma hora não conseguiu desapertar o meu *soutien*. Não é ridículo?!

— Ridículo — confirma Janosch. — Comigo isso não acontecia. E os olhos quase lhe caem a olhar para o peito de Malen. Ela não repara. Graças a Deus. De repente, a luz apaga-se. Marie voltou com as velas na mão. Agora são elas que iluminam o quarto. As chamas dançam em torno do pavio. É bonito. Penso na minha mãe. Tinha sempre velas consigo, estivéssemos onde estivéssemos. Às vezes, tinha que estudar à noite para o curso. Então, sentava-se à mesa da sala de jantar e acendia uma vela. Era a única luz em toda a casa. Nem mesmo a televisão ficava acesa. Apenas aquela vela. E era uma luz bonita. Pergunto-me se ela hoje à noite também acendeu uma vela? Creio que sim. Talvez não tenha tido tempo. Talvez tenham discutido. Eu sei lá. Abro mais uma lata de cerveja. Incrível a quantidade de latas de cerveja que o Troy conseguiu trazer cá para cima. Penso que o Félix gordo o deve ter ajudado. Com aquele bandulho as latas nem sequer devem chamar a atenção. O Félix gordo sentou-se ao lado da Anna. Os dois formam com Florian e o Félix magro um grupo giro. Cada um deles está prestes a pôr o braço por cima do ombro da miúda. Para não variar, a Anna está hoje outra vez muito bonita. Tal como a Malen, só tem umas cuequinhas. Negras. Atrás o *slip* enfia-se no rego, como um fio dental. Quando ela se inclina para o lado, vê-se aquele soberbo cu. Sinto vontade de morrer. É incrível como uma pessoa se pode entusiasmar tão depressa. É só preciso ver um traseiro jeitoso. Janosch diz que a juventude é isso mesmo. As miúdas são um tesão. Ponto final, parágrafo. Às vezes, ponho-me a pensar se não se podiam estruturar as coisas doutra maneira. É que mal chegamos aos treze anos as miúdas e os seus traseiros transformam-se em pura droga. Um gajo fica apanhado e não se consegue safar. Florian e o Félix gordo são um bom exemplo disso. Estão a comer a rapariga com os olhos. E eu também não sou melhor. Marie sentou-se de novo ao meu lado. Não consigo deixar de estudar o decote dela.

E vai mais um golinho de cerveja. Ajuda a descomprimir. Depois lanço novamente um olhar na direcção de Anna. Tem uma *T-shirt* preta. No peito está escrito *Love is a rasor* em letras amarelas, meias góticas. Provavelmente, uma frase cheia de verdade. Mas também pode ser uma simples idiotice. *Love* não é nem um *rasor* nem o que quer que seja. *Love* é qualquer coisa de indefinível. *Love* é... foder, diria agora o bom do nosso Janosch. Mas eu não acredito nisso. Eu acho que *love* é mais do que isso. Foder é foder. *Love* é diferente. Talvez a música. Mas a música é o melhor que há. Pelo menos foi o que o Frank Zappa disse. Está-me a cheirar que já estou grosso. De onde é que vem a música? Ah, pois, Malen pôs um CD a tocar. Como não podia deixar de ser os Rolling Stones — *I can't get no satisfaction*. E aí vem ela ter com o Janosch, com a sua cuequinha e as suas longas pernas. Senta-se. Eu bebo mais um gole de cerveja. Esta porra começa a saber-me bem. É giro. E eu nem sequer sei bem porquê. E vai mais um trago. Marie inclina-se sobre mim. Está-se bem aqui. Ela quer tirar umas batatas fritas. Florian acha que as batatas fritas e o álcool são uma combinação letal. É tiro e queda, logo a seguir uma pessoa começa a vomitar, diz ele. Cá por mim, a menina pode comer batatas fritas à vontade. Estou a vê-la debruçada sobre a retrete. Só de pensar nisso começo a rir. E bebo mais um pouco de cerveja. A lata está vazia. Quem diria, ainda agora a abri. Que se lixe, não acabei de mencionar que não estou habituado a beber? Se calhar, é por isso que também não estou habituado a ver as latas esvaziarem-se tão depressa. Vou buscar mais duas. São as últimas. Guardo a segunda para mais tarde. Ponho-a no chão, ao meu lado. A seguir, tapo-a com um lenço de papel, não vá alguém mamar-me a minha cervejinha. Acho que era mal empregada. O Janosch já está a olhar à sua volta. De certeza que se fartou de beber, mas ainda quer mais. Topa-se à légua. Tem um cigarro aceso ao canto da boca. O quarto é grande e a janela está aberta. Não será fácil detectar o cheiro a fumo. Também eu saco dos meus cigarros. O maço está quase cheio. Marie também quer um. Acendemos os nossos cigarros ao mesmo tempo no fósforo aceso que ela segura. Depois Marie sacode o fósforo. A chama extingue-se. Ela estende os braços e abraça-me. Das colunas de som chega agora até nós a canção *The Winner takes it all* dos ABBA. Uma canção bonita. Não sei porquê, mas acho-a engraçada, embora no fundo seja bastante triste. Trata-se, uma vez mais, de uma separação. Acho que essa merda me persegue. Tenho que telefonar para casa. Só para ter a certeza que eles não andam a atirar a loiça à cabeça um do outro. Mas isso fica para depois. Agora é noite. E depois a Marie está tão perto de mim. Para dizer a verdade, ela está quase em cima de mim. Cheiro a sua pele. Cheiro um perfume fantástico. Doce. Cheira a Natal. Como a árvore de Natal, ou os bolos. Penso no último Natal. Toda a gente lá estava. Até o meu tio. Gosto muito do meu tio. Embora todos digam mal dele. Dizem que quando precisam dele, ele nunca está presente. Para mim ele sempre esteve presente. Também no Natal. Trabalha para um desses grandes jornais diários. As reportagens de fundo da terceira página são quase sempre escritas por ele. Às vezes, leva-me consigo para a redacção. Eu curto aquilo. Lá dentro as pessoas trabalham todas por detrás de grandes mesas. Têm que contar coisas sobre o mundo. Eu não servia para isso. Se nem sequer consigo escrever uma redacção de jeito! No último Natal tínhamos acabado de nos decidir pelo internato Neuseelen. Pouca sorte para mim. Todos os presentes que recebi tiveram a ver com o internato. Um cartaz da região, roupa para ocasiões importantes, um estojo de *toilette*, etc. E autocolantes. Que era para colar em tudo quanto é sítio e escrever por cima o meu nome. Benjamin Lebert. Caramba, que medo que tive de vir para cá. Para falar verdade, ainda estou cheio de medo de cá estar. Passaram-se agora dois dias. Dois dias e uma noite e meia. E eu aqui estou num quarto qualquer de raparigas e com uma delas em cima de mim. Pode ser que seja um progresso. Ela faz-me cócegas no pescoço. É uma sensação estranha. Eu não a conheço de lado nenhum. Mas tudo bem. O Janosch diz que as alunas dos internatos costumam ser bastante atiradiças. Sobretudo as novatas. Era só tratá-las duma outra maneira e o assunto estaria no papo. O que quereria o Janosch dizer com «tratá-las doutra maneira»? Eu sou como sempre fui. Ou será que sempre fui doutra maneira? Porque será que esta miúda está em cima de mim? Porque está bêbeda? Porque eu estou bêbedo? Não interessa. O importante é que ela esteja em cima de mim. Bebo mais um gole de cerveja. Ainda agora queria dizer uma coisa qualquer. Mas Marie antecipa-se. Esqueço o que tinha para dizer.

— Disseram-me que tu eras tão especial — diz ela.

— Especial? — pergunto. — Bem vistas as coisas, até sou. Sou um aleijado e isso é, de facto, uma coisa especial.

Inspiro o fumo do meu cigarro. Marie faz o mesmo. Os seus lábios grossos fazem um beicinho. Como aquilo é *sexy*. E vai mais um golito. A lata está vazia. Abro a seguinte. Marie levanta-se. Quer ir buscar mais umas batatas fritas. Vejo o seu corpo no ténue clarão da vela. Logo a seguir, ela deita-se de novo ao meu lado. Sinto os seus mamilos tapados sobre a minha barriga.

— Já houve quem me dissesse que os aleijados também são seres humanos — diz ela.

— Acho espantoso que alguém te tenha dito uma coisa dessas — replico. — A mim ninguém me disse nada, fui eu próprio que tive de descobrir tudo. Mas tudo bem. Tens toda a razão, os aleijados também são seres humanos. Embora sejam um bocadinho esquisitos. Ouve-se agora a canção *Knocking on Heaven's Door*, dos Guns 'N' Roses. No fundo, não estou lá muito virado para esse tipo de música. Seja como for, é uma canção muito bonita. O velho texto do Dylan é bestial. Sinto uma sensação estranha espalhar-se por todo o corpo. O melhor é beber mais um gole de cerveja.

— Em que medida é que és um aleijado? — quer saber Marie.

— O meu lado esquerdo está quase paralisado — respondo. Marie suspira.

— Quase que não consigo mover o braço e a perna. Sinto apenas um entorpecimento. Só quando me magoam é que sinto qualquer coisa.

O rosto de Marie aproxima-se agora muito do meu. Os nossos lábios quase que se tocam.

— Eu não te vou magoar — murmura. — Nunca. E ninguém deveria alguma vez fazê-lo. Pois só em pessoas que são essencialmente diferentes é que pode crescer qualquer coisa de novo.

— Que idade é que tens? — pergunto.

— Dezasseis — responde.

— Para uma menina de dezasseis anos, parece que já tens bastante maturidade — replico.

— Eu sei — responde ela. — Eu sei que sou madura. — E sorri.

— E então o que achas que irá crescer em mim?

— Não faço ideia — responde. — Mas não te apoquentes que lá chegaremos! Quando surgir uma oportunidade! — E começa de novo a sorrir.

Olho para o Troy. Está sentado à secretária. Sozinho e solitário. Já deve ter emborcado imenso. Mas isso é o que ele faz sempre, diz o Félix gordo. Às vezes chega a beber cinco a dez cervejas numa noite. Janosch acha que aquilo não lhe faz bem. A uma certa altura, Troy tem sempre de vomitar. Mas está-se nas tintas para isso, pois continua a beber. Até à manhã seguinte. É aquilo a que se pode chamar um sujeito inflexível. Quase colado a ele, esparramado no chão, está o Félix gordo. Esse já está a dormir. Com braços e pernas esticados. A boca está aberta e ele ressona um pouco. A saliva escorre para o soalho de parquete. O Félix magro diz que ele voltou a palrar de futebol durante todo o tempo. O Janosch foi-lhe enchendo o copo para ver se lhe estancava a veia futebolística. Agora está a dormir como um anjinho.

Levanto-me. Estou aflito para ir à casa de banho. Cuidadosamente, afasto a Marie de cima do meu corpo. É que entretanto ela arranjou um lugarzinho confortável entre as minhas pernas. Corro até à porta. Sinto tudo girar à minha volta. Uma sensação que no fundo desconhecia. Com dificuldade lá consigo agarrar-me ao puxador e premi-lo para baixo. Saio do quarto. Ninguém me vê. Já estão todos a dormir. Só Marie é que olha durante um instante na minha direcção. Atravesso o corredor das raparigas, que parece estender-se até ao infinito. Preciso de cinco minutos para chegar à porta da casa de banho. Abro-a. A casa de banho aqui é bem mais bonita e moderna do que a do corredor das putas. Espera-me um grande vestíbulo. Tudo aqui está forrado com azulejos brancos. Alinhados ao longo da parede encontram-se cerca de seis lavatórios. Por cima de cada um deles está afixado um espelho. Observo--me num deles. Estou com uma cara horrível. Aproximo-me de um lavatório e salpico o rosto com um pouco de água. A água fresca faz-me bem. De repente, abre-se a porta atrás de mim. Oiço-a ranger. Marie entrou no vestíbulo da casa de banho. Também ela vacila um pouco. Agora está à minha frente com um ar cansadíssimo.

— O que é que estás a fazer? — pergunta.

— Estou a molhar a cara com água — respondo.

— Refresca? — quer saber.

— Refresca e muito — confirmo.

— Há qualquer coisa que me diz que durante todo este tempo estamos a perder uma oportunidade qualquer — consegue balbuciar Marie. Não compreendo as suas palavras. Ela despe a camisa de noite, puxando-a por cima da cabeça. Agora só tem a roupa interior preta. Como é bonita. Vejo a sua pele delicada. O umbigo. O rosto. Os seios. Se bem que tudo um pouco difuso. Parece que quer alguma coisa de mim. Isso parece-me claro. Aproxima-se de mim. Tenho medo. Ela toca no meu pescoço. Tento desviar-me uma e outra vez. Estou a tremer. Nunca fiz nada com uma rapariga. Elas também nunca quiseram nada de mim. E não sou eu aquele que todos acham esquisito?! Além disso, estou grosso. Não, a Marie é que está grossa. Até está a tirar o *soutien*. Eu quase que caio para o lado. Pronto, ela aí está à minha frente, em *topless*. Posso ver os seus seios. Têm uma forma linda. Com os mamilos rosados. Penso no que diz Janosch. Numa situação como esta dir-me-ia de certeza para não me borrar nas calças. E aproveitar a oportunidade. E, sobretudo, dir-me-ia que lhe lançasse as unhas. Que lhe lançasse as unhas com toda a pinta e não a deixasse escapar. Conheço-o bem. Conheço de gingeira os seus bons conselhos. E a seguir eu devia dar-lhe uma valente estocada. Para o Janosch dar uma valente estocada é o nome artístico de foder. Foder qualquer um consegue, diz ele. Mas dar uma valente estocada, isso é obra. Isso é uma arte. Cá por mim, eu até lhe dava uma valentíssima estocada. Ou comia--a, que vai dar ao mesmo. Desde que o cagaço não me fizesse borrar-me nas calças. Definitivamente, falta-me experiência.

E se fizer qualquer coisa de errado? Que importância é que isso tem, disse-me certa vez o Janosch. Na opinião dele, aos dezasseis um gajo já tem de ter dado uma estocada e pronto. É de resto uma vergonha que eu ainda não o tenha feito. Aos dezasseis anos, a vontade de um gajo é simplesmente dar uma valente estocada.

Com dezasseis anos o que as miúdas querem é receber uma estocada. Se as coisas são assim, então pelo que é que esperamos para dar uma estocada, diz o Janosch. Marie deve partilhar dessa opinião, pois acaba de tirar as cuequinhas. Vejo os seus pêlos púbicos. São pretos. O papinho de rola está ali como uma janela. Largo e com os pelos cortados rente. Nunca na minha vida tive uma coisa daquelas tão perto de mim. Só conheço de vista, das revistas da *Playboy*. Porque será que a juventude é uma coisa tão brutal?, pergunto-me. Estocada para aqui, estocada para acolá, estou simplesmente com medo. Está tudo a correr demasiado de-pressa. De uma maneira ou de outra, sinto-me ultrapassado pela situação. Sento-me numa cadeira que se encontra encostada à pare-de. Sabe-se lá por que razão é que esta cadeira articulada se encon-tra aqui. Talvez para ajudar numa situação como esta. Não faço a mínima ideia. Encosto-me para trás. Marie dá um novo passo na minha direcção. Os seus grandes seios oscilam agora praticamente colados à minha cara. Ela inclina-se um pouco mais. Com os dedos faz-me umas festas suaves nas pernas. Ao mesmo tempo que movi-menta o tronco. As mamas balançam. O meu sexo está duro. Deve ter alguma coisa a ver com o que está a acontecer, penso. É uma coisa natural. No entanto, sinto vergonha e puxo o casaco de pijama para cima das calças. Sinto o suor a escorrer-me pela testa. Continua a ser o mesmo pijama. *When the going gets tough, the tough gets going.* Penso no meu pai. Marie beija-me na testa. Todo eu tremo. Volto-me para o lado. Que se lixe!, penso. Qual é o proble-ma, se for preciso dou-lhe mesmo a valente estocada. Tenho que me tornar um homenzinho, como diria o Janosch. E um homem não ficaria todo borrado de medo só por causa dumas mamocas a abanar. Um homem tem que aproveitar a situação e lançar a fateixa. Trabalhá-la como deve ser. Um homem tem de manter-se *cool*, diria o Janosch. Infelizmente, não me posso socorrer da sua sabedoria e tenho de me desenrascar sozinho. De qualquer maneira. Ou pelo menos tentar. Puxo as calças do pijama um pouco para baixo. Marie pode agora ver o meu sexo. Tira um preservativo das suas coisas que estão no chão. Morde com os dentes a embalagem, retira-o e põe-mo. É tudo muito rápido. Uma sensação estranha. Tão apertado. Tão liso e escorregadio. Parece um balão molhado. Só um bocadinho mais pegajoso. Estou muito nervoso. A camisa de vénus é amarela. Pergunto-me de onde é que ela a terá desencantado assim tão depressa. Janosch acha que as mulheres são mesmo assim. Quando é preciso, elas arranjam sempre uma camisa de vénus. O que elas querem é foder imediatamente. Marie senta-se em cima de mim como uma cavaleira. Acho que já estou dentro dela. É uma sensação desagradável. Isso da estocada não é de perto nem de longe tão fantástico como todos dizem. Sinto-me apertado. A pila dói-me. Mas um homem é um homem, um bicho é um bicho. Agarro-me às suas tetas. Aperto-as. Lambo os mamilos. As suas maminhas são macias. Estranhamente bonitas, ali poisadas nas minhas mãos. Acho que não as vou esquecer assim tão rapidamente. O Florian pensa que, de qualquer forma, as primeiras mamas são inesquecíveis. Melhores do que todas as outras. Provavelmente, tem razão. As coxas de Marie mexem-se com mais intensidade. O meu sexo engrossa cada vez mais. Ela geme. Sua um pouco. É ela que faz todo o trabalho. Eu só estou ali sentado. Lentamente, a coisa começa a dar-me um certo gozo. Sinto-me bem. Como se tivesse bebido para aí umas vinte colas. Sinto um formigar em todo o corpo. Mas sobretudo no coiso. Através do formigar, sou levado cada vez mais para cima. Inclino-me para a frente e agarro Marie pelas ancas. Abraço-a. Aperto-lhe e belisco-lhe o rabo. Beijamo-nos. Ela geme. Eu respiro fundo. Marie cavalga e cavalga. Já estamos quase a chegar lá. O meu sexo entra e sai. Isso é sempre assim na primeira vez, diz o Janosch. Um leve bater à porta. Uma espreitadela lá para dentro. Um adeusinho. Marie continua a cavalgar. Gotas de suor formam-se-lhe na pele. Lambo-as. Enfio a minha cara entre as suas mamas. Ela não pronuncia uma única palavra. Durante todo o tempo geme apenas. E sacode os braços para o ar como uma selvagem. Eu estou quase a vir-me. Talvez cinco segundos, quando muito. Pronto, estou a vir-me. Ejaculo. A adrenalina é ejectada em todo o meu corpo. Sinto-me livre. Oiço o cantar dos pássaros. O murmúrio das águas de um regato. Uma tempestade. O meu corpo treme. De certa maneira, isto é mais *cool* do que qualquer outra coisa à superfície da terra. Nem sei bem porquê. Eu acho que é *crazy*. Só quero é mais.

Marie também se vem. Ou pelo menos é o que parece. Os seus gemidos aumentam de intensidade. Ela agarra os próprios seios. Solta um pequeno grito e desfalece. Beijamo-nos.

Tenho a certeza que não foi a sua primeira vez. Absoluta. Para isso é demasiado experiente. Janosch diz que é bom que a primeira vez seja com uma rapariga experiente. Um gajo não precisa de se esforçar, diz ele. Elas encarregam-se das operações. Marie sai de cima de mim. Tropeça e vacila pelo vestiário da casa de banho. Não diz uma palavra. Veste a cuequinha. Num relance ainda consigo ver a cona dela. Não me esquecerei dela. De certeza.

Esta foi então a minha primeira vez. Ainda por cima, no internato Neuseelen. E, ainda por cima, na segunda noite. Tudo correu assim bastante para o vertiginoso. Sinto-me mal. Sinto-me miseravelmente. Como se alguém me tivesse descascado os tomates, ou uma coisa parecida. Mal me consigo aguentar em pé. Os meus joelhos tremem. A cerveja dá-me voltas ao estômago. O pequeno *intermezzo* com a boa da Marie deixou-me a tripa em reboliço. Dói-me a cabeça. Os olhos lacrimejam. Marie vai-se embora. Vejo-a afastar-se aos tropeções pela porta de saída. Acho que ela deve estar bastante enfrascada, penso eu. Nem sequer tenho a certeza de que esteja consciente daquilo que acaba de fazer. Se calhar, passa a vida a fazer isso. Sejam quais forem as consequências. Se calhar, o que lhe interessa é gozar o pratinho. E está-se cagando para tudo o resto. Seja como for. Bom proveito. O que é que se ouve para aí dizer sobre a primeira vez? Que depois da primeira vez uma pessoa torna-se um homem? Com os pés bem assentes no chão? Acabou-se a infância? Que uma pessoa finalmente se torna adulta? O quê? Pois a minha primeira vez já passou. E eu ainda me sinto como alguém que está prestes a borrar-se nas calças. E até nem me parece que isso seja assim tão alarmante. Eu não quero ser adulto. Quero continuar a ser um rapaz normalíssimo. Curtir à vontade. E, quando preciso, esconder-me por detrás dos meus pais. E agora vêm-me dizer que tudo isso acabou? Só porque enfiei o caralho no buraco húmido da bela Marie? Deixemo-nos de tretas, ninguém presenciou isso. Nem eu quero contar isso a alguém.

Nosso Senhor que tenha lá consideração por mim. Façamos de conta que não aconteceu nada. Quanto mais penso no que acabou de acontecer, mais à rasca me vou sentindo. Por que será, por exemplo, que qualquer dia tenho de tornar-me adulto? Ou, para falarmos com mais franqueza, quem foi o idiota chapado que inventou um conceito desses? Por que é que não continuamos todos a ser simplesmente uns rapazinhos? Que pretendem curtir um pouco esta vida? Dar umas quecas, rir, ser felizes. Ando de um lado para o outro no vestíbulo. Estou descontente. Como se um sonho se tivesse esfumado, ou assim do género. Como se algo tivesse acabado. Ainda tremo e estou muito pálido. Sinto-me sozinho. Completamente sozinho neste mundo maldito e imenso. Numa merda de um internato qualquer. Que ainda por cima se chama Neuseelen*. Sim, a minha alma é nova. Posso confirmar, sim senhor. A merda da minha alma. Sinto saudades da minha casa. Dos meus pais. Por que é que eles têm de andar sempre a discutir? Onde é que está a minha irmã? E por que é que fiquei tão agressivo? Se acabei de dar uma valente estocada numa gaja, porra. Numa gaja perdida de bêbeda. Com umas valentes tetas e uma rata latejante e cheia de tesão. Se calhar, ela nem sequer registou. Que sorte, não é verdade? Molho a cara com um pouco de água. A seguir vou mijar. Há muito que sinto vontade de mijar. Acho que até fiz um bocado nas cuecas. Ainda tenho posto este nojento preservativo. Agora está pendurado, a minha pila já não está suficientemente dura. Atiro-o para o chão. Elas que fiquem com o problema amanhã. Quando a mulher das limpezas o encontrar. Quando alguém o encontrar.

---

* Neuseelen = «As almas novas». *(NT)*

Aproximo-me da retrete. Levanto a tampa da retrete e mijo. Também mijo para os lados. Que se foda. Por um momento, chego mesmo a mijar de propósito contra a parede. Como toda a gente faz no corredor das putas. É uma curtição. O mijo escorre todo para o chão. Quase que é preciso saber nadar. Que bela poça que eu fiz. Depois deixo-me cair de joelhos. E ponho-me a chamar pelo Gregório. Vomito durante imenso tempo.

Tudo isto parece ter sido um bocadinho demais para mim hoje: em vez de dormir, trepar por uma escada de emergência, encher a cabeça de cerveja, esfarrapar-me todo a dar uma estocada e, como quem não quer a coisa, tornar-me adulto. É mais do que o suficiente para uma noite. Quer-me bem parecer que qualquer um vomitaria no meu lugar. Levanto-me. Saio a cambalear da casa de banho. No meu casaco de pijama vêem-se umas quantas manchas castanhas. Estou-me nas tintas. Quem é que vai notar isso? No chão de cerâmica encontra-se a camisa de vénus amarela. Na ponta concentra-se o líquido branco. Pode ver-se perfeitamente. Amanhã de manhã alguém vai ter uma bela surpresa, penso. Talvez a Malen. Talvez uma educadora. Saio para o corredor das raparigas. Vejo todas aquelas fotografias na parede. A fotografia da Malen e as das outras. Oiço o som dos meus próprios passos. Estou sozinho. Ninguém me ajuda. Páro diante da porta do quarto 330. O quarto de Malen. Uma porta normalíssima de contraplacado cinzento, com uma normalíssima fechadura de latão. Carrego no puxador para a abrir.

7

Como é que se pode descrever a vida no internato? Difícil? Chata? Cansativa? Solitária, vem-me ainda à cabeça. Sinto-me sozinho. Apesar de estar dia e noite com os outros. Comecemos então por um dia como todos os outros: Acordo às seis e trinta. O educador Landorf está à porta.

— Está na hora — diz.

Vagarosamente, levanto a cabeça. Olho para o sítio onde está o Janosch. Só consigo ver a sua melena despenteada. Ainda temos meia hora. Janosch quer aproveitá-la para dormir. Por princípio, ele nunca se lava de manhã. Levanto-me e agarro no meu estojo de *toilette*. Arrasto-me pelo corredor das putas. Pequeno-almoço às sete e um quarto. Carcaças, creme de chocolate, iogurte. A escola começa a um quarto para as oito. No início, é só estudar. Meia hora sentado a estudar. Chamam-lhe o *silentium*. Uma coisa dessas só existe num internato. Na maior parte das vezes, adormecemos. Por detrás do livro levantado. Às vezes, o livro cai. Para nosso embara-ço. Depois começam as aulas. Seis horas por dia. Inclusive aos sábados. Um grande intervalo após a segunda hora, um pequeno após a quarta. Vai-se buscar umas sandes que estão nas vitrines do refeitório. Uma autêntica porcaria.

13 h 15: almoço. A lista das refeições encontra-se afixada na entrada do refeitório. Na maior parte das vezes, arroz com um molho qualquer. De seis em seis semanas, servimos à mesa. En-quanto os outros comem, nós andamos por ali às voltas. Tirar e pôr os talheres. Almoçamos quando todos os outros acabaram. Comemos com o pessoal, na cozinha. Depois do almoço, temos

uma hora livre. Na parte da tarde fazemos os trabalhos de casa. Depois vem o jantar.

Duas horas livres. Lavagem. Dormir. Um aluno interno de dezasseis anos tem de ir para a cama às dez e meia.

Como é que se pode descrever a vida num internato?

Entretanto já cá estou há quatro meses.

*

Entro no quarto de Troy. Através da janela aberta entra um pouco de luz. Os cortinados agitam-se. O chão é cinzento e gera uma espécie de atmosfera melancólica. Na parede esburacada estão pendurados alguns cartazes. Todos eles mostram situações de sofrimento na Segunda Guerra Mundial. Crianças a gritar. Cidades bombardeadas. Soldados desesperados. Ao lado estão afixados artigos sobre as SS. Vejo carantonhas horríveis. Goebbels. Goering. Hitler. Na parede está escrita uma frase com uma tinta cor de sangue: *Is this the way life's meant to be?* Os caracteres estão escritos uns por cima dos outros. No entanto, a frase é legível. Aqui só há uma única cama. Esta encontra-se no meio do quarto. A almofada e o cobertor estão amarrotados. Este mostra uma cena do filme fantástico *Dragonheart*. Um dragão enorme que expele fogo luta com um cavaleiro da Távola Redonda. *We will always succeed!* — pode ler-se. A secretária encontra-se à direita da janela e em cima dela estão muitos objectos, sobretudo livros, lápis de cor e fotografias. Empilhada em cima do parapeito da janela pode ver-se uma colecção de desenhos. Todos eles mostram mulheres nuas com grandes seios.

Nunca estive aqui até agora. Por estranho que pareça, sinto uma certa vergonha. Dou mais um passo para dentro do quarto. Encostada à parede esquerda está a estante. Toda cheia de livros. O Troy em pessoa está ali e acaba de retirar um livro. Stephen King, *Misery*. O livro é fantástico. Eu já o li. Trata de um escritor que tem um desastre de automóvel. É recolhido por uma gaja completamente passada. Ela tortura-o. Parte-lhe uma perna e coisas do género. Diz-lhe que é a sua maior admiradora. Obriga-o a escrever um livro para ela. Se ele não o conseguir, ela limpa-lhe o sebo. Pura e simplesmente. O livro é do baril. No meu antigo liceu propu-lo uma vez como leitura de alemão. O que me deu direito a receber um seis. Em vez disso, lemos *Seelenfeuer*. Uma merda dum livro. Não percebi patavina. Nem uma única palavra. Desde que me lembro, não li um único livro na escola que tivesse percebido. Os autores expressam-se sempre por enigmas. O melhor era fazerem logo desde o princípio um livro de charadas. Mas se calhar, sou eu que não percebo nada do assunto. Não obstante, vou ter com o Troy. Sento-me na sua cama. No canto, claro. Não o quero chatear. Está com ar de mau, com o senho franzido. Ele ergue o livro. *Misery* tem uma capa verde, com letras prateadas que brilham de uma maneira muito bonita quando a luz incide sobre elas de uma certa maneira. Aí está um tipo que deixou de ter problemas, penso. Stephen King tem muitos milhões na conta bancária. Está-se nas tintas para o facto de o filho ter ou não um seis em matemática. A sua vida continua. Escreve os seus livros. É feliz. O Stephen King que se lixe. Nas últimas semanas voltei a fazer dois testes. Acho que os dois me correram miseravelmente. Ainda não os recebi. Matemática e Alemão.

De momento, tudo me irrita.

O colchão da cama na qual me encontro sentado é extremamente fofo. A única coisa que me apetece agora é fechar os olhos e dormir. Era o que mais precisava. Hoje à noite andámos outra vez por aí. Lá em baixo, antes do refeitório. A fumar um bocado. A conversar um bocado. A ser um bocado felizes. Janosch diz que devíamos fazer isso mais vezes nos próximos tempos. Mas eu não sei se será uma boa ideia. Toda a gente precisa de dormir um pouco, acho eu. Olho à minha volta. O quarto é mínimo. Será que o Troy gosta dele? Não faço ideia. Recosto-me para trás. Olho para o relógio: 17 h 30. Ainda falta uma hora para o jantar.

— Troy, o que é que estás a fazer? — pergunto.

— Nada — responde ele.

— Mas tu tens de fazer alguma coisa!

— Não tenho, não senhor — diz ele.

Viro a cabeça um pouco para o lado. Passo com a mão ao de leve pelos cabelos. O Troy continua sentado ao meu lado. Uma mosca esvoaça à frente da sua cara. Ele não tenta sequer afastá-la. Continua calmo. Os seus olhos reviram-se para dentro. Tosse.

— Por que é que estás sempre sozinho, Troy? — tento novamente. — Por que é que queres estar sempre sozinho?

O olhar de Troy perde-se na distância. Vê-se que luta consigo próprio. Ele raramente ouve perguntas destas, quase nunca tem que responder a questões tão íntimas. Pigarreia.

— É que eu sou diferente, sabes? — diz com uma voz cavernosa.

— Simplesmente diferente. As pessoas não gostam de alguém que seja diferente. É tão simples como isso. As pessoas não me ligam nenhuma, não gostam de mim. — Troy olha para mim. Os seus olhos tremem. Os lábios contraem-se. É a primeira vez que o oiço dizer uma coisa destas. Os seus olhos olham para mim cheios de bondade.

— Mas nós gostamos de ti Troy! — respondo. Coço o braço esquerdo. — A malta gosta de ti.

— Vocês mal se apercebem de mim — replica Troy. — Não se pode dizer que seja mesmo gostar. Vocês levam-me convosco porque têm de me levar. Para que eu vos leve a cerveja, por exemplo. Ou para mandarem vir comigo. Janosch precisa sempre de alguém para mandar vir com ele.

— Mas tu fazes parte do grupo — digo. — Como o Florian, ou o Félix gordo. Tu és um dos nossos. Um herói, como o Janosch diria. Sem ti nós seríamos menos.

— Eu não sou nenhum herói — responde Troy. — Nunca ninguém me ligou nenhuma. O que eu sou é um «mija-na-cama». Vê-me só isto!

Devagar ele afasta o cobertor com o forro do *Dragonheart*. No lençol pode ver-se uma grande mancha.

— Acontece-me durante a noite — diz. — Mijo na cama. Sei lá porquê! Ninguém podia aceitar uma coisa destas. Por isso é que prefiro estar sozinho. Pelo menos ninguém te pode magoar quando estás sozinho.

Troy levanta-se e aproxima-se da janela. Fica um momento a olhar para fora. Depois volta para a cama e senta-se.

— Já tiveste alguma vez medo? — pergunta. — Não estou a falar do medo que se tem de um exame. Ou do educador. Estou a falar do medo mesmo a sério. O medo da vida. Sabes? — Troy engole em seco. Inclina-se para a frente.

— Viver é ter medo — digo eu. Sinto-me de repente desconfortável. No fundo, nunca pensei verdadeiramente sobre o assunto. Mas acho que devo ter razão.

— E é assim que deve ser — afirmo. — Também não sei porquê, mas, de certa maneira, é assim que as coisas são! Talvez porque senão as pessoas passavam a vida a fazer disparates. Faltava-lhes o medo.

— Mas então tem mesmo que ser sempre assim? — pergunta Troy. — Eu não quero viver sempre cheio de medo. É tudo tão rápido. Eu não aguento. A única coisa que sinto é o medo.

— Tens razão, Troy — concordo. — É tudo demasiado rápido. Por que é que nós não podemos esperar? Observar? Rebobinar o filme?

— Porque se calhar a vida não é um vídeo — responde Troy inseguro.

— Então o que é? — pergunto. Troy começa a ficar nervoso. Passa com a mão pelos olhos. A testa brilha de suor, a respiração torna-se ofegante.

— A vida é um... — Hesita. Treme. O tronco balança de um lado para o outro. A mosca abandona o seu rosto, voa à procura de um sítio mais calmo. A cadeira. A mesa. Anda por ali.

— É o quê? — repito.

— É um imenso mijar-na-cama — consegue dizer, como se uns diques quaisquer tivessem rebentado.

Troy está agora a chorar. Lágrimas grossas caem-lhe pelo rosto abaixo. Os olhos incham. Soluça. Aproximo-me dele. Não era isto que eu queria. Com todo o cuidado faço-lhe festas nas costas.

— Deus não me ajuda — consegue balbuciar Troy. — Pura e simplesmente, pôs-me de lado. Está ali refastelado, feito um paspalhão e não mexe uma palha. — Troy leva as mãos à cara. Inclina-se para a frente. Chora. E eu posso ouvir o seu pranto silencioso.

— De certa maneira, ele acaba sempre por nos ajudar, Troy — digo. — Há-de chegar a altura. Há-de chegar a altura em que ele nos livra desta merda e nos dá a mão para nos ajudar, Troy. A mim e a ti. Ainda havemos de nos rir à gargalhada. Quando tudo isto acabar. Quando a vida deixar de ser um imenso mijar-na-cama, Troy!

— A vida há-de continuar sempre a ser um imenso mijar-na-
-cama — responde, completamente desesperado. A sua pele enru-
besceu. Ao longo das faces escorrem lágrimas.

— Já não aguento mais, Lebert! — consegue dizer. — Já não
posso mais! Em que raio de direcção é que estamos a andar?

Ele está completamente de rastos. Nota-se logo. Acontece a
qualquer um. Agora é a vez do silencioso Troy. Janosch chama-lhe
a «fase da casa das putas». Em que nada bate certo. Em que um
gajo está de saco completamente cheio e a rebentar pelas costuras.
Então, o melhor que há a fazer é mesmo rebentar, diz o Janosch.
Ele diz que isso é porreiro. Senão morríamos todos.

Eu não sei se é bom ou não. Acho que nos queixamos só das
coisas para as quais não temos, no fundo, razão de queixa. Eu sei lá.
Só não estava à espera que isto acontecesse com o Troy. Sempre
pensei que ele simplesmente existisse. Como a lua, ou as estrelas.
Não o estava a ver na «fase da casa das putas». Mas as aparências
iludem. A juventude é uma coisa má, diz o Janosch. Não há
ninguém que não tenha os seus problemas. Até o Troy. Está a
limpar o nariz ao lenço. Continuo a fazer-lhe festas nas costas.

Penso nos meus pais. Nos fins-de-semana que temos passado
juntos nos últimos tempos. Tem sido sempre difícil. Até agora
nunca consegui recuperar verdadeiramente. Sempre acossado pelo
pensamento de ter de regressar ao internato dentro de pouco
tempo. Tudo aquilo que fizemos correu mal. Fiquei lixado. Comigo próprio. Com o pai. Com a mãe. Com a minha irmã. Lixado pelo facto de tudo estar a acabar. E por eu me ver obrigado a
ir viver a minha vida para outro lado. Na merda do internato.
Janosch diz que essa é a tragédia do aluno interno. Ele sabe que
domingo à noite tem de ir-se embora. Ponto final, parágrafo.
Sempre bem disposto. E consciente do espírito de solidariedade.
Um por todos, todos por um. É um bocado cansativo, diz ele.
Em casa é que um gajo se sente bem. E eu acho que ele tem
razão. Mesmo que os meus pais discutam tanto. Quase todos os
fins-de-semana, quando estive em casa, a mãe chorou. Vejo-a sentada na cozinha. As lágrimas escorrem-lhe pelas faces. Como aqui
o nosso Troy. A minha irmã está sentada ao lado dela para a
confortar. Estão as duas furiosas com o pai. Eu nunca me quis

meter no assunto, não quero tomar partido por um dos lados. Sempre pensei que, no fundo, todos nós somos culpados. Tudo isto é demasiado complicado, penso. Pelo menos para mim é demasiado complicado. Também não aguento. O que eu precisava era de uma «fase da casa das putas». Gritar cá para fora tudo o que está dentro de mim. Para limpar as entranhas. Dói-nos na alma ver a nossa mãe a chorar. Às vezes, é a última imagem que eu tenho dela, antes de regressar a Neuseelen. A chorar. Na cozinha. Sentada no banco vermelho da cozinha. À janela. E venham-me dizer que a juventude é uma época despreocupada. Só os que já passaram há muito tempo por ela é que dizem isso. Talvez sintam saudades dos velhos tempos. Na minha opinião, não o deviam fazer. Meu Deus, como isto é tudo uma miséria. O Troy que o diga. Não faço ideia de como o vou poder animar. Não posso dizer-lhe que acabe simplesmente de mijar na cama. E como gostava de ajudá-lo! Tenho pena dele. De facto, este pobre diabo nunca teve sorte na vida.

— Vamos fugir — propõe ele de repente. — Simplesmente cavar daqui. Vamos buscar a malta e damos o salto. Para um sítio qualquer. O mundo é grande. Já não aguento mais ficar aqui!

— Não podemos, meu — respondo. — Os gajos procuram-nos e encontram-nos. O mundo é bem mais pequeno do que tu julgas. Pelo menos o mundo dos colégios internos. Não podemos fugir assim de um momento para o outro. É demasiado perigoso.

— Se agirmos depressa, conseguimos — responde Troy. — Podemos ir para Munique. Ainda antes do jantar. Há um autocarro para Rosenheim. Aí temos ligação de comboio. — O olhar de Troy procura o meu. Uns olhos tristes e vazios procuram os meus. Este rapaz está a falar a sério. Topa-se logo.

— Eu não quero ser mais um espectador — diz. — Não quero continuar de fora, na escuridão, a olhar para o palco. Durante toda a minha vida, não fiz outra coisa senão olhar para o palco. Agora estou farto. Agora também eu quero subir ao palco. Fazer qualquer coisa de verdadeiramente doido, qualquer coisa que até agora ninguém se atreveu ainda a fazer. Qualquer coisa que seja *crazy*.

— *Crazy* ?– pergunto.

— *Crazy* — responde ele.

Fico a pensar. No fundo, a ideia não me entusiasma lá muito. Eu não quero cavar. Vai dar bronca pela certa. E como é que fugimos? O colégio interno de Neuseelen fecha os portões às 23 h 00. Depois dessa hora ninguém pode entrar nem sair. Ainda melhor, diria Janosch. Nesse caso, passamos a noite em Munique. A única questão que se coloca é aonde. Os tipos aqui no internato vão dar logo pela nossa falta. Vai ser uma bronca das antigas. Lentamente encosto-me para trás. Respiro fundo.

— Houve já alguém que fizesse uma coisa dessas? — pergunto.

— O quê? — pergunta Troy.

— Isso, ir a Munique ilegalmente e passar lá a noite. Assim, sem mais nem menos. Sem avisar.

— Desde que cá estou nunca aconteceu — responde Troy. E muito menos na nossa idade. Quem é que se atreve a fazer uma coisa dessas? Isso já é quase um acto criminoso. E começa a rir.

— Mas então, porque é que nós nos atrevemos? — replico eu.

— Porque somos os melhores — responde Troy. — Pensa lá bem no assunto: quem é que poderia pôr em prática a ideia mais maluca de todos os tempos senão nós os seis? Janosch, os dois Félix, Florian, tu e eu. Eu diria que nascemos para concretizar ideias malucas. — Troy ri-se. Os seus olhos expelem faíscas. Acho que nunca o vi tão divertido. O rapaz está fora de si. O seu tronco balouça para a frente e para trás. As lágrimas secam-lhe ao canto dos olhos, formando manchas avermelhadas.

Troy, o silencioso, ultrapassou a sua própria sombra. Topa-se à légua. Está a caminho das melhoras. Na sua boca, ainda há pouco torcida num esgar, insinua-se agora uma espécie de sorriso. Levanta-se.

— Nós os seis — diz.

8

— Vocês querem mesmo dar o salto? — pergunta Janosch, visivelmente entusiasmado, quando o vou buscar ao quarto. Acabei de enfiar umas coisas indispensáveis na minha mochila azul. Água. Algumas barras de chocolate. Um livro para ler. Nunca se sabe, talvez venha a ter oportunidade para ler. Pode ser, pode ser. Janosch está outra vez com aquele sorrisinho cínico. Nos seus olhos brilha a febre da aventura. Tenho a impressão que está bastante excitado.

Florian diz que tudo isto é o melhor que pode haver para Janosch. Há já muito tempo que ele queria pisgar-se, diz. Mas sozinho nunca se atreveu. Agora tem uma matilha inteira atrás dele. Nunca poderia deixar de participar no plano. Ou não fosse ele o mais doidão dos *crazy*, diz o Florian. Florian, a quem todos chamam «Menina» também está pelos ajustes. De qualquer forma, o internato é uma pasmaceira, acha ele. Foi ele que arrastou o Félix magro para a nossa onda. Ao princípio, esse não estava nada entusiasmado. A ideia em si era demasiado perigosa, pensava ele.

Mas, afinal de contas, acabou também por vir. E tem que ser mesmo assim. É uma oportunidade demasiado excitante para que uma pessoa a deixe escapar. O mesmo deve acontecer com o Félix gordo. Esse foi dormir uma sesta, ainda não sabe o que o espera. Janosch quer acordá-lo. Nós não achamos que seja lá grande ideia.

— Tu és demasiado bruto! — diz o Félix magro.

— Eu demasiado bruto? — pergunta o Janosch. — Ouve lá, rapazinho! O Bolinhas adora-me! E vai ficar encantado com a ideia de ir comigo ilegalmente a Munique. Eu conheço-o bem. — Janosch vai ao quarto do Bolinhas. Não dura mais de dois minutos até aparecer de novo com o Félix gordo atrelado a ele.

Félix parece ensonado. Tem os olhos muito pequenos. O cabelo despenteado tapa-lhe o rosto. Tem um aspecto esquisito. Todos desatam a rir. A sua bochecha ainda está marcada pelas rugas da almofada. Agora abre os braços e espreguiça-se como um idiota.

— Vocês são doidos varridos! — diz.

— É claro que somos doidos — responde o Janosch. —É por isso que precisamos de alguém que não seja doido. E como o nosso educador Landorf preferiu ficar cá, lembrámo-nos logo de ti!

— Têm toda a razão — responde o Félix. — Mas precisamente por não me considerar doido é que não vos acompanho.

— Foi isso que pensámos — responde Janosch. — Só que precisamos urgentemente de ti! Tens que vir connosco! Tu és o nosso bastião na tormenta!

— Bastião? — repete o Félix.

— Sim... — confirma Janosch. — Ou, se quiseres, és a nossa grande guloseima.

— E por que é que hei-de ser eu a vossa grande guloseima? — quer saber o Félix gordo.

— Porque a Malen não vem connosco — responde Janosch. — Por isso é que desta vez vais ter a honra de ser a nossa grande guloseima. Mas penso que vais honrar o teu cognome. Afinal de contas, tens umas mamas quase tão grandes como as dela. Janosch põe o braço por cima dos ombros de Félix.

— Posso levar uma mochila com guloseimas? — pergunta o Bolinhas. — Eu preciso duma raçãozinha de combate, não tenho culpa disso.

— Leva o que quiseres — concorda Janosch. — Mas não me apareças com um lombo de porco assado, ou qualquer coisa do género. Põe-te a andar!

— Olha que agora deste-me uma ideia do caraças — diz o Bolinhas. — Parece que Munique é a capital do porco assado. Acham que dava para experimentar o petisco?

— Se concordarmos, tu alinhas?

— Podes ter a certeza — promete Félix.

— É incrível que só venhas quando há qualquer coisa para encher o bandulho — replica Janosch irritado. — Como se já não estivesses demasiado gordo!

— Posso estar demasiado gordo — explica Félix. — Mas eu é que sou o vosso bastião na tormenta, não foi isso que disseste?

— Está bem, está bem — condescende Janosch. — Vê mas é se te despachas! Uma cidade como Munique não fica todo o tempo à nossa espera.

— E Munique é mesmo *cool?* — quer saber o Félix magro, enquanto o Bolinhas desaparece no seu quarto.

— Munique é *cool* — assegura Janosch.

— *Crazy* — acrescenta Florian.

— Há por lá mulherio? — pergunta o Félix magro.

— Munique é uma verdadeira metrópole — explica o Janosch. — Há lá tantas mulheres como pratos de carne assada. Por tudo quanto é canto.

— E nós vamos mesmo para lá?

— É claro que vamos para lá. Um homem é um homem, um bicho é um bicho. Ou não é assim?

— E quando?

— É para já. Desde que o gordo se despache.

Vemos então uma grande mochila vermelha de campismo dobrar a esquina. Está cheia até cima. Por baixo do fecho consegue ver-se uma embalagem de gomas *Haribo*. Quase que não tinha havido espaço para ela. Está-se mesmo a ver. O Félix gordo fecha a porta do quarto. Com uma passada descontraída vem agora ao nosso encontro. No meu relógio são 18 h 15.

*

— Ainda bem que escolheste uma mini-mochilazinha como essa para passares despercebido — diz Janosch, enquanto largamos a correr ao longo da encosta do castelo. — Assim, podemos ter a certeza de que ninguém irá desconfiar dos nossos planos de nos ausentarmos por muito tempo, Bolinhas. És um rapaz esperto!

— Desculpa lá — responde o Félix gordo. — Mas foste tu o próprio a dizer que eu podia levar aquilo que quisesse.

— Sim — concordou Janosch. — Mas não estava propriamente a pensar na ração de um elefante bebé.

— Agora já não podemos fazer nada — diz o Félix. — Já estamos a caminho. Há alguém aí que queira um caracol de chocolate?

— Estou aqui, estou a enfiar-te o caracol de chocolate pelo cu acima — avisa Janosch.

— Quer isso dizer que não desejas nenhum?

— Não. Para falar verdade, não tenho lá grande apetite.

Nesse momento, ouve-se a voz do pequeno Florian, a quem todos chama «Menina»: — Não é minha intenção desanimar-vos, malta, mas em que raio de sítio é que iremos passar a noite de hoje?

— Havemos de encontrar qualquer coisa — replica Janosch. — Munique é grande. Há por aí alguém que esteja com medo?

— Eu não tenho medo nenhum — diz o Félix magro.

— Eu também não — diz Florian. — Bem, talvez um bocadinho. Mas isso passa, não é? Não há-se ser nada.

— Passa pois — explica Janosch. — Havemos de dar conta do recado.

— Passa — repete o Félix gordo. — Com que então isso passa? Nunca há-de passar. Há já dois anos que ando com vocês e faço todas as merdas que vos dão na telha. E continuo com medo. Às vezes pergunto-me porque é que acabo sempre por me deixar convencer.

— Porque tu precisas disto — explica Janosch. — Todos nós precisamos disto. Somos novos. Até o Troy precisa disto.

— Nem pensar — diz o Bolinhas. — Eu não preciso disto para nada. E o Troy também não. Não é verdade, Troy? Achas que precisas disto?

— Claro que sim — diz o Troy. Ele segue na retaguarda do grupo. Lentamente, vai descendo a encosta da colina do castelo. Eu sigo ao seu lado, pisando o asfalto do caminho. Este tem a largura suficiente para permitir a passagem de um único carro. As curvas alongam-se em direcção ao castelo, sempre rodeadas por muitas árvores. Tudo aqui é verde. É um sítio bonito. A luz do sol quebra--se nas copas das árvores. Manchas de claridade filtrada formam-se no chão. Janosch e os outros atravessam-nas neste preciso momento. Ponho-me a pensar.

Quantas vezes subi de carro este caminho? No velho *Renault* do meu pai? Quantas vezes já chorei neste sítio? Dizendo-lhe que não queria ficar aqui. Que tudo isto é demasiado mau. Que não suporto mais ficar. O pai sempre ficou agressivo. Disse-me que tinha de aprender a aguentar. Que a vida é mesmo assim. Que nesse aspecto ele não me podia ajudar. Todos temos que atravessar crises como esta. É tão simples como isso. E depois entregou-me. Com a minha mala. Uma mala de viagem verde. Nas bolsas laterais estavam dois CDs: *The Rolling Stones Collection 1+2*. O pai era da opinião que eles me ajudariam. Que me trariam mais energia. Vontade de viver. Eu sei lá o quê. Acho que é tudo uma treta. Fiquei sempre cinco minutos parado no parque de estacionamento a chorar. Depois ia para cima. Para o quarto. Ter com o Janosch. No fundo, ele nunca me confortou verdadeiramente. Contudo, estava lá. Fumávamos um cigarro juntos. Falávamos da vida. Condenávamos o ponto a que tudo tinha chegado. De certa maneira, sempre fiquei contente por o ver. Janosch é um rochedo. Todos o sabem. Até o Félix gordo o sabe. Embora, por vezes, não o queira admitir. Florian diz que toda a gente precisa de um rochedo como o Janosch na vida. Uma pessoa assim não se desvia do caminho. Não precisa de andar sempre com medo. E, afinal, ele até nem é um grandalhão. Nem tem assim tanta força. Ele é simplesmente o Janosch. E isso chega.

*

— Estás a ver, Bolinhas, tu precisas disto! — diz Janosch, soltando uma gargalhada. — Precisas de nós e pronto, não há nada a fazer! Se o Troy também precisa de nós, então tu nem se fala.

— Que estupidez — replica o Félix gordo. — Ninguém precisa de vocês. Precisas de nós. E porque é que existe esse tal «nós», podes explicar-me? No mundo tudo continuaria na mesma se nós não existíssemos.

— Pois eu acho que não — opõe o Félix magro. — Há-de haver uma razão para nós existirmos.

— E qual será então essa razão?

— Bem — tenta responder o Félix   isso também não sei ao certo. A razão talvez tenha a ver com o facto de nós podermos observar tudo à nossa volta.

— Poder observar? — pergunta Janosch. — Queres então dizer que somos espectadores? Simples espectadores?

— Todos nós somos meros espectadores — afirma o Félix. — Todos nós iremos parar ao nosso lugarzinho no cemitério. E ninguém se há-de interessar mais por nós.

— Não consegues pintar o quadro ainda um bocadinho mais negro? — pergunta o Bolinhas. — Eu talvez venha a ser célebre. E quando morrer as pessoas choram por mim. Como pela Lady Di.

— Isso é completamente diferente — tenta explicar o Janosch.

— A Lady Di sempre foi a Lady Di. E sempre há-de continuar a ser a Lady Di. Todos se hão-de lembrar dela assim. Mas de nós ninguém se há-de lembrar. A vida é assim mesmo. Nós somos simplesmente alunos de um internato. Que interesse é que isso tem?!

— Tudo isso é frustrante — diz o Bolinhas. — O que eu acho é que ainda estamos vivos. Há-de haver qualquer coisa que nós modificámos.

— Sim. Pirámo-nos do internato — diz o Florian.

— Provavelmente, já andam à nossa procura.

— Não, ainda estão a comer — responde o Janosch.

— Mas vamos lá por partes, malta — diz o Bolinhas. — Como é que conseguimos aguentar a vida se não sabemos por que é que vivemos? — pergunta.

— Olha, acho que é muito simples — acha o Janosch. — O facto é que passamos a vida a fazer coisas sem que saibamos bem porquê. Como agora, por exemplo. Não estejas tão à rasca! Talvez até seja bom que ninguém se preocupe connosco. Além disso, podes ter a certeza que nós nos havemos de lembrar.

— Lembrar-nos do quê?

— Ora essa. De nós, então do que é que devia ser? — responde Janosch.

— De nós?

— Pois, de nós — volta a dizer Janosch. — E com estas palavras tomo a solene decisão de que me hei-de lembrar sempre de vocês. De vocês e de todas as coisas doidonas que nos aconteceram. Assim, poderemos continuar a existir. Não sei bem como, mas é um facto.

— Tens a certeza? — pergunta o Bolinhas.

— Absoluta — replica Janosch. — Vocês acham que não se vão lembrar?

— E como — responde o Florian, a quem todos chamam a «Menina».

— Eu também — concorda o Félix magro.

— E tu não, Bolinhas? — quer saber o Janosch.

— Preciso de pensar no assunto. Mas acho que sim, que também me vou lembrar. Afinal de contas, toda esta acção está a ser bastante *crazy*.

— Pois, estás a ver? — diz o Janosch. — E é assim que iremos continuar a viver. Contem aos vossos filhos e netos como foi. É claro que tudo permanece num pequeno círculo, mas o que importa é que nós continuamos a viver.

— O Troy também? — pergunta o Florian.

— O Troy também — responde Janosch. — Ou todos, ou ninguém. Onde é que se meteu o Benni?

— Estou aqui.

*

Estamos a avançar bem. Já quase que chegámos à aldeia.

É a velha história. Dos seis alunos do colégio interno. Vamos descendo depressa a encosta. Já está a escurecer. Tenho medo. Nem sei bem porquê. Talvez por causa da noite. Nunca gostei dela. Esconde tantos segredos. É tão vazia, tão sombria. Todas as boas vistas ficam negras durante a noite. E, no entanto, o negro é a minha cor preferida. Mas só durante o dia, quando há luz, acho eu.

Janosch diz que, se tivermos sorte, ainda apanhamos o último autocarro. Que nos irá levar a Rosenheim. Uma pequena cidade bávara. Florian diz que lá há muitos extremistas de direita. Não lhe está a apetecer ficar lá muito tempo. Janosch é da opinião que está tudo controlado. O comboio sai logo a seguir. Para Munique. Em direcção à grande cidade. Onde eu moro. Onde se encontram os meus pais. Onde eles discutem. Há poucos dias, falei ao telefone com a minha irmã. Ela disse-me que a situação está horrível. Já não conseguem ter uma conversa decente um com o outro. O pai está agora a viver num hotel. Hotel Leopold. Ela deu-me o seu número de telefone. 089/36 70 61. Nunca lhe telefonei. O que é que nós temos para dizer um ao outro? A única coisa que ele faria era encher-me os ouvidos de balelas. Que tinha muita pena, etc. E que em relação a mim não mudaria muita coisa. Patranhas. É claro que para mim irá mudar muita coisa.

O que é que posso dizer de tudo isto? Olho à minha volta. Vejo os meus cinco companheiros. Todos estão um pouco preocupados. A insegurança espelha-se-lhes no olhar. Janosch, o chefe, vai à frente. O olhar dirigido para o chão. Tem um pólo preto e umas *jeans* brancas. O cabelo loiro cai-lhe para o rosto. A cada passo que dá, o fio que traz ao pescoço com o medalhão com a fotografia dos pais chocalha. Ele nunca o tira. Nem mesmo quando se deita. O Félix gordo diz que o Janosch adora os pais. Mais do que tudo o resto no mundo. Às vezes, até chega a chorar. Depois de um reencontro mais prolongado. E não há nada que ele mais deseje do que estar ao pé deles. Sempre que isso seja possível.

Ao seu lado, caminha o pequeno Florian, a quem todos chamam a «Menina». O seu andar é vacilante. O olhos concentram-se na paisagem em volta. Procuram a luz. Observam o pôr do Sol. Os seus cabelos estão penteados para trás. Ele usa um fato de treino vermelho da *Adidas*. As três listas prolongam-se por toda a super-fície. Uma coisa horrível.

Janosch acha que o Florian se está nas tintas para a imagem que transmite. O principal é que tenha uma imagem qualquer, diz ele. A moda não é precisamente o seu problema. Veste qualquer coisa e pronto. Tal como toda a gente veste qualquer coisa. Só com a diferença de que nele, por vezes, acontecem as mais horripilantes combinações. Uma vez até apareceu na escola calçado com duas peúgas de cores diferentes. E nem sequer notou. Está-se, pura e simplesmente, borrifando. E isso acaba por torná-lo engraçado, acha o Janosch.

Atrás deles caminham os dois Félix. Para além de mim, são os únicos que trouxeram mochilas. O Bolinhas um vermelho, o ma-gro um azul. Vê-los assim, um ao lado do outro, dá um certo gozo. Em silêncio lá vão caminhando atrás dos outros. Separam-nos pelo menos cinco metros de distância do Janosch e do Florian. Mas isso não incomoda ninguém.

Lá vão andando com toda a calma. O Bolinhas traz vestida uma camisola de lã azul e umas calças castanhas deslavadas de veludo cotelé. Os seus olhos estão húmidos. Na cabeça tem um boné vermelho da *Ferrari*. O Félix gordo adora os *Ferraris*. Tem um catálogo com todos os modelos. À noite chega mesmo a levá-lo para a cama para lhe sentir o cheiro. O seu maior desejo é poder um dia andar num *Ferrari*. Num desses descapotáveis. Se isso acontecesse, Félix soltaria gritos de vitória.

O Félix magro traz vestida uma *sweatshirt* verde com capuz. Esta tapa-lhe a testa por completo. O seu olhar vivo e escuro brilha na sombra. Félix calça uns ténis brancos. Da *Nike*. Ele é aquilo a que se pode chamar um amante de sapatos ténis. Um conhecedor. Tem milhares deles arrumados no armário. Mais tarde quer vir a ser desenhador de modelos de sapatos ténis. Vejam lá se o gajo não é doido, diz o Florian.

Atrás dos dois, segue o Troy. Ele quase que adormece a caminhar. Os seus pequenos olhos com olheiras estão cada vez mais pesados. Troy usa uma capa impermeável negra. Embora não esteja a chover. Dizem que a capa lhe foi oferecida pelo irmão. Parece que ele não vai viver muito mais tempo. Talvez mais dois meses. É pelo menos o que se diz. Às vezes, depois de ter bebido muito, o Troy fala dele. Parece que se chama Nikolas. É um ano mais velho que o Troy e este gosta imenso dele. Tem uma espécie de doideira pelo irmão. Não o quer perder. É por isso que em situações de *stress* ele usa sempre a capa do irmão. Para o ter perto de si. Para não o deixar sozinho. Janosch diz que ele é corajoso. Eu acho que o Janosch tem razão. Atrás dele, um pouco afastado, caminho eu. É o costume. O meu passo é lento e pesado. Sempre a arrastar o pé esquerdo. Só me dá vontade de arrancá-lo. Para variar, trago vestida uma *T-shirt* dos Pink Floyd. Desta vez do álbum *The Division Bell*. Vêm-se duas grandes pedras. Com olhos e bocas. Parece que estão a falar uma com a outra. De longe até dá a ideia que são uma única pedra. É típico dos Pink Floyd. Eu curto os Pink Floyd à brava. O Janosch diz que a música deles é *crazy*. Mas é precisamente por causa disso que eu a curto tanto. *We don't need no education* é demais. Um gajo fica todo arrepiado. Depois tenho umas *jeans* azuis. *Levis*. Oferta da minha irmã. Ela diz que são boas para engatar mulheres.

89

Fala quem sabe. Eu sei lá. De certa forma, é baril ter uma irmãzinha lésbica. Passa a vida rodeada de chavalas lindíssimas. Embora a maior parte delas também seja lésbica. Janosch diz que isso é *cool*. É só preciso dar-lhes a volta. Janosch acha que todas as lésbicas sonham em segredo serem convertidas. Não sei se isso é verdade. De qualquer forma, uma conversão dessas não é tarefa fácil. Digo-o eu, que já experimentei.

Chamava-se Manuela, ou uma coisa assim do género, e já tinha quase vinte anos. Eu só tinha catorze e estava mesmo pelo beicinho. Ela era alta, por volta de 1,79 m, e tinha cabelos castanhos, até aos ombros. Os olhos eram como o mar, azuis e imensos. Acho que não os vou esquecer assim tão depressa. Uma vez até me deu um beijo. Foi no quarto da minha irmã. Nessa altura ela não se encontrava lá. Estávamos a ver televisão. Parece-me que *Morre Devagar*, ou algo assim do género. E, de repente, inclinou-se para mim. Quase que ia morrendo. Deus do Céu, como aquela mulher sabia beijar. Mas tudo ficou por aí. Ela disse que eu era um tipo demasiado estranho. Como sempre. Janosch até lhe deu razão. Só que para ele isso é positivo. Para ele sou *crazy* e pronto. Ele diz que eu sou o chavalo mais maluco que alguma vez encontrou. Florian disse-me que não preciso ficar com peneiras só por causa disso. Parece que o Janosch diz isso a toda a gente. A verdade é que continuamos a dar-nos bem. Afinal de contas, já vivemos juntos no mesmo quarto há quatro meses.

9

Já vejo a paragem do autocarro lá ao fundo. Um simples sinal com um banco à frente. Que dá directamente para a estrada principal. *Paragem de autocarro Neuseelen* — pode ler-se na tabuleta. O banco é de madeira de faia castanha escura. A chuva de ontem infiltra-se nas nervuras da madeira. De vez em quando, pinga uma gota de água para o asfalto. Num dos cantos do banco está sentado um sujeito já velhote. É muito magro. O seu cabelo branco e cerdoso está despenteado. Tem um sobretudo verde que lhe dá até aos pés. Por baixo vêem-se brilhar uns sapatos pretos. O sobretudo está abotoado por um único botão. O velho observa-nos enquanto nos vamos aproximando. Janosch mantém-se na dianteira. Florian, os dois Félix e Troy vêm atrás. Eu sigo-os. Os outros ficam à espera ao lado da paragem. Os rostos colados ao plano dos horários.

— Vocês vêem do castelo? — pergunta o velho. A sua voz é profunda e potente. A malta volta-se para ele. É o Bolinhas quem lhe dirige a palavra.

— Sim — responde. — Tivemos autorização para sair.

Os olhos do velho crispam-se. Brilham. O velho contrai os lábios.

— Não tentem enganar um velhote como eu — diz. — Um velho pode ser surdo. Pode ser cego. Pode até estar todo estropiado. Mas um velho como eu já cantou demasiadas vezes a canção da vida para que uns rapazecos como vocês o enganem. Vocês não têm licença para sair. Tenho ou não razão? Vocês fugiram do internato.

— Fugir? — pergunta o Bolinhas. O Sr. sai-se com cada uma...

— A canção da vida? — pergunta Janosch. — O que é que quer dizer com isso?

— Refiro-me às coisas mais evidentes e essenciais da existência humana — responde o velho. — Tudo aquilo que ninguém pode esconder: a tristeza, a alegria, o vento.

— O que é que o vento tem a ver com isso? — pergunto eu.

— O vento, que agita e mistura a tristeza e a alegria — responde o velho. — E que, se for preciso, rasga e rebenta com tudo. Ou volta a juntar tudo. Como lhe queiras chamar.

— O senhor é uma espécie de sábio, ou de vidente? — pergunta o Félix magro.

O velho desata a rir. A sua gargalhada soa como um compressor, que avança arrasando tudo o que se encontra à sua frente. Nós olhamos furtivamente uns para os outros. Eu aproveito para me sentar.

— Não sou nenhum vidente, não senhor — responde o velho. — E parece-me bem que também não sou nenhum sábio. Sou simplesmente um velhote. Um velhote que já viu muito da vida. É o suficiente para lançar de vez em quando os meus palpites.

— E nós também vamos ficar assim? — pergunta o Bolinhas.

— Assim como? — quer saber o velho.

— Bem... assim tão... tão velhos.

— Lá isso podes ter a certeza que vais envelhecer, meu rapaz. É a lei da vida. Tudo em ti se torna velho: a tua alma, o teu coração, as tuas opiniões. Mesmo que tu não te modifiques assim tão rapidamente, as tuas opiniões modificam-se de certeza. E os teus sonhos também. Chega o momento em que eles estão velhos. Tal como tu!

— Mas se eles então são velhos, continuam a ser bons? — pergunta o Bolinhas. — Porque é que os sonhos envelhecem?

— Para deixar uma espécie de vida — responde o homem.

— Para deixar vida? — repete o Bolinhas. — Não consigo perceber. Será que é preciso deixar qualquer coisa de velho para receber qualquer coisa de novo?

— Quer-me bem parecer que sim — responde o velho. — Assim permanece tudo em movimento.

— Mas será que não podemos mesmo parar? — pergunta ainda o Bolinhas. — Por que é que temos de continuar sempre? Podíamos muito bem ficar parados. Respirar fundo. Contemplar com calma aquilo que conseguimos realizar.

— Não, não podíamos fazer isso — responde o velho.

— E porque não? — insiste o Félix gordo.

— Porque senão tudo teria de parar — responde o velho. — Para contemplar com calma aquilo que já conseguimos realizar seria necessário que tanto nós como o objecto da nossa observação ficássemos parados. E se nós ficamos parados, deixa automaticamente de haver a possibilidade de alcançarmos algo de novo. Isso significaria uma eterna estagnação. E agora diz-me cá uma coisa, meu rapaz: O que é que tu preferias? Ficar para sempre parado ou manter-te sempre em movimento?

— O senhor acabou agora de cantar a canção da vida, não é verdade? — pergunta o Bolinhas. — E será que cada um a irá cantar quando chegar a sua vez?

— Isso depende — replica o velho. — Se uma pessoa envelhece ou não, depende do acaso. E se uma pessoa canta ou não a canção da vida, isso depende do Bom Deus. É tão simples como isso.

— E o senhor ainda me vem dizer que é simples? — admira-se o Félix gordo. — É mas é complicadíssimo. Cá por mim, não quero nem envelhecer nem aprender a cantar a canção da vida. No fundo é muito mais fácil viver num mundo completamente incompreensível. Eu não quero envelhecer. Envelhecer é demasiado *crazy* para mim. Prefiro continuar na mesma. Chamo-me Félix Braun, tenho dezasseis anos, 1,64 m e basta.

— Tudo isso é um puro acaso — contrapõe o velho.

— Isso não é nenhum acaso — discorda o Janosch. — Não há acasos. Só há o destino.

— E o facto de nos termos encontrado aqui, será isso obra do destino? — quer saber o velho.

— Talvez — responde o Janosch. — Mas também pode ser que seja apenas mala pata. Estou com dezasseis anos. A vida continua. Há-de sempre continuar. Não tenho vontade nenhuma que as pessoas que já estão mais à frente do que eu me expliquem como é que se anda. Já tive que andar os últimos dezasseis anos sem o senhor e muito provavelmente, se Deus quiser, também irei conseguir andar os próximos sessenta e cinco anos sem a sua ajuda. Por isso, peço-lhe que me deixe simplesmente em paz! Que você consiga cantar a canção da vida acho óptimo! Mas então vá para o lar da terceira idade e cante-a aos velhotes que lá estão! Com certeza que eles iriam ficar muito agradecidos. Mas deixe-me viver em paz. E viva também a sua própria vida em paz. Já temos merda que baste por todos os lados. Acabámos de fugir do internato. E parece-me bem que ainda vamos precisar da nossa famosa energia juvenil. Vá cantar, por favor, a merda da sua canção para outra freguesia! — Os olhos de Janosch estão crispados. Ele está fulo.

— O vosso amigo é sempre assim tão rude? — pergunta o velho.

— Claro, foi ele que inventou a palavra rude — responde o Bolinhas.

— Quando eu próprio estive no internato Neuseelen, também tínhamos um colega assim. O nosso chefe. Também era assim tão rude. Chamava-se Xaver Mils. Não sei o que lhe sucedeu. Creio que se tornou escultor, ou algo do género. Foi há muito tempo. Em Munique. Há mais de cinquenta anos que não oiço falar dele. Talvez já nem esteja vivo. Ao que parece, devo ser o único que resta. Mas a vida é assim. Vocês disseram que acabam de fugir? Então aonde é que querem passar a noite? Se a vossa intenção é irem para Munique, então vejo as coisas mal paradas para vocês. Não é assim de repente que vão encontrar qualquer coisa para passar a noite. Mas não vos aconselho a dormirem num banco de jardim. Munique é perigosa. Em especial, durante a noite. Andam por lá uns tipos esquisitos, posso dizer-vos. Talvez fosse melhor dormirem em minha casa. Tenho um pequeno andar no centro, em Schwabing. Embora não seja grande, o apartamento chega para vocês. Pelo menos não vos acontece nada se passarem lá a noite. Podem ter a certeza. Já lá vivo há vinte e cinco anos. Sozinho. E nunca me aconteceu nada. Creio que o cemitério de Neuseelen, onde a minha mulher se encontra sepultada, é mais perigoso. Se bem me lembro, até lá devo ter umas quantas mantas.

O Bolinhas, Florian e o Félix magro viram-se para nós. Estão a reflectir. Janosch tem um aspecto feroz. Senta-se no banco, ao meu lado.

— Não gosto nada deste velho — sussurra. — O gajo é esquisito. Há qualquer coisa que não bate certo com ele. Não me está a apetecer nada ficar em casa dele. O gajo é doido.

— Não podes afirmar uma coisa dessas — replico. — Talvez seja apenas um velhote de vistas largas, que deseja o melhor para nós. Acabaste de ouvir, também ele foi aluno de Neuseelen. Provavelmente, está sinceramente preocupado connosco. Se calhar, conhece os nossos problemas e é mesmo uma espécie de vidente, ou uma coisa assim do género.

— É mas é doido — responde Janosch. — E a minha mãe ensinou-me a desconfiar dos doidos. Devemos desviar-nos deles.

— Então as outras pessoas também se deviam desviar de ti — argumento. — Todos nós somos meio avariados da cabeça. Ele é simplesmente um velhote.

— Exacto — responde Janosch. — Ele é velho e nós somos novos. Uma coisa não condiz com a outra. Sempre foi assim. Os velhos têm uma maneira de ver as coisas completamente diferente. Eles não gostam de nós. Nós não gostamos deles. Nenhum rapaz da nossa idade gostaria de ir agora com este velho para Munique. E a propósito: o que é que ele está aqui a fazer? Não é em Munique que ele mora?

— Deve ter vindo visitar a campa da mulher — respondo. — Ele tem uma boa razão para vir cá.

— Isto não me está a agradar nada — persiste Janosch. — Se calhar, é um empregado qualquer do internato. Que depois vai acabar por nos denunciar.

— Ele não nos denuncia — oponho. — O melhor é ir mesmo com ele. Flo e os outros são da mesma opinião. É ou não é, malta?

— Vamos com o velho — diz o Félix gordo. — O homem é fixe. E, de qualquer maneira, sempre é melhor do que dormir num banco de jardim. Pelo menos no apartamento dele ficamos descansados, penso eu. E tu alinhas, Janosch?

O olhar de Janosch torna-se sombrio. Parece que expele faíscas. — Há aí alguém capaz de me dizer por que é que havemos de ser precisamente *nós* os primeiros a fazerem todo o tipo de merda? — pergunta.

Simplesmente porque estamos vivos — responde o Florian — e porque somos novos.

95

— Isso não é um argumento — replica Janosch.

— É claro que é um argumento — insiste Florian. — Nós estamos simplesmente aqui. E enquanto por aqui andarmos, é bem possível que sejamos nós os primeiros a fazer toda a merda que nos apareça pela frente.

— Achas que é assim, Lebert? — pergunta Janosch.

— Acho que é isso mesmo — respondo.

O Félix gordo vai ter com o velho. — Nós decidimos ir consigo — informa. — O autocarro deve chegar daqui a cinco minutos.

Janosch fica a olhar para o céu. Já está bastante escuro. Sombria e abandonada, a estrada principal perde-se à nossa frente. Uma vez mais o receio vem bater-me à porta. Isto é uma aventura do caraças. Nunca fiz uma coisa destas. Para falar verdade, creio que poderia repetir esta frase no final de cada dia que passei em Neuseelen. Esta minha estadia no internato tem sido uma excitação pegada. Tudo é novo para mim. E entretanto já cá estou há quatro meses. É estranhíssimo como o tempo passa depressa.

— Só sei que nada sei — diz Janosch neste preciso momento.

— A frase foi dita por um filósofo qualquer, não foi?

— Não faço ideia — respondo. — É preciso saber isso?

— Mas o que é preciso saber? — pergunta Janosch. — Que no fundo nada sabemos?

— Não — esclareço eu. — Estava a perguntar se é preciso saber quem disse a frase.

— Ah, está bem — exclama Janosch. — Sim, acho que é preciso saber.

— E então quem é que a disse? — pergunto.

— Não faço ideia — responde Janosch. — Esquece. No fundo, é indiferente. Os filósofos não passam de uns vagabundos. Pensam que podem explicar tudo, quando no fundo não há nada para explicar. Só precisam de olhar à sua volta para ver o que é o mundo. Ficavam logo a saber que é uma coisa mesmo baril. Agora o fraseado deles é uma estupidez.

— Talvez tenhas razão, Janosch — respondo. — No entanto, essa tal frase, *só sei que nada sei*, é interessante e eu podia aproveitá-la para quase todas as situações. Na Matemática, por exemplo.

96

— Mas, em regra geral, a frase não se aplica à Matemática — corrige Janosch.

— Então para que é que ela serve? — pergunto.

— Olha, para nós — responde Janosch.

— Para nós?

— Sim, para nós. Para explicar que, no fundo, não é preciso saber nada para se ser *crazy*.

— Essa frase não tem nada a ver com o ser *crazy* — discordo.

— Tem, sim senhor — afirma Janosch. — A própria frase já por si é *crazy*.

— Eu continuo sem perceber a frase — insisto. — Talvez seja demasiado *crazy* para mim. O importante é que as coisas continuem a andar. E que a malta encontre o nosso caminho.

— O nosso caminho até Munique? — pergunta Janosch.

— O nosso caminho para todo o lado — corrijo. — Não queres ir a todo o lado?

— Eu acho que todo o sítio onde nos encontramos é *todo o lado* — replica Janosch. — Não podes é permitir que a tua cabeça seja aprisionada. Se conseguires manter a disponibilidade, hás-de viver sempre virado para *todo o lado*.

*

Ao longe reconhecem-se dois faróis. Rapidamente, o autocarro aproxima-se. Potentes e largas, as luzes quadradas esquadrinham o asfalto da estrada principal. O motor *diesel* uiva quando o enorme veículo pára em frente do sinal. Tem pelo menos doze metros de comprimento. Nos seus flancos estão colados anúncios publicitários. Uma água mineral mostra os seus efeitos sedutores. As portas abrem-se automaticamente. O vidro da porta desliza para o lado, fazendo brilhar o brasão vermelho-azul da água através da superfície castanho-escura do vidro acrílico. Nós subimos para o autocarro. Primeiro o Florian, os dois Félix, Troy e Janosch. O velho e eu somos os últimos. Com um pé já no último dos três degraus que conduzem ao interior do autocarro, o velho senhor pára e volta-se para mim. Os seus olhos brilham. Estende-me a mão. Eu aperto-a. As unhas compridas e mal tratadas dos seus dedos cravam-se nas costas da minha mão. É com alívio que eu me liberto do aperto.

— Ainda não me apresentei — diz. — Que má-criação da minha parte. Chamo-me Sambraus. Marek Sambraus. Um nome complicado, bem sei. Mas ninguém o esquece!

Sambraus volta-se de novo para o condutor do autocarro.

— Dois bilhetes para Rosenheim, por favor! — pede.

O condutor retira dois bilhetes vermelhos de uma gaveta situada ao lado do volante e entrega-os a Sambraus. Este oblitera-os numa caixa automática azul. Quando ele enfia os bilhetes, ouve-se um tilintar metálico. Depois mete um dos bilhetes no bolso das calças e entrega-me o outro. Em letra cursiva azul está escrito *Estação Neuseelen*. E a hora. Entretanto são 19 h 15.

10

Os outros esperam de pé entre as filas de bancos. Estamos quase sozinhos. Apenas duas pessoas se encontram, para além de nós, no autocarro. Um casalinho de namorados. Furtivamente, encostam os rostos à vidraça da janela. Florian e o Félix gordo voltam-se constantemente para eles. Os dois sentaram-se agora três filas à frente dos namorados. Para poderem continuar a espiá-los. Definitivamente, não querem perder nada do pratinho. A noite transborda através do vidro. É com dificuldade que se reconhecem os contornos. A estrada. Os campos. Um par de colinas. A paisagem típica da Baviera. Troy e o Félix magro estão sentados juntos na primeira fila. Troy quis ficar à janela. Ele sente-se bem a olhar para a noite. O Félix magro retira da mochila um *walkman*. Ainda temos meia hora de viagem à nossa frente. Talvez até mais. Tudo depende do trânsito e das condições climatéricas. Mas creio que para hoje à noite não temos nada a temer. Sambraus senta-se sozinho. Mesmo ao meio. No banco do lado de dentro. A janela não o atraiu. De qualquer forma, não tarda a adormecer. Os seus olhos verdes deixam de se ver por baixo das pálpebras enrugadas. A cabeça descai para o peito. Sambraus dorme. Vejo-o inspirar e expirar calmamente.

Janosch e eu sentamo-nos atrás. Na última fila. Mesmo ao lado do casal de namorados. Eu posso ir à janela, o que me agrada. Assim tenho tempo para pensar. Acalmar. No céu negro voam pássaros. Ainda têm, de certeza, um longo trajecto à sua frente. Bem mais longo do que o nosso. Apesar de o nosso trajecto também não ser o mais fácil. Janosch tira uma folha de papel e uma esferográfica do bolso das calças.

Volto a olhar através da janela. Estamos agora a passar por uns campos. As faixas de sinalização brancas da estrada voam por baixo de nós. No horizonte, reconhecem-se os Alpes. Uma parcela de floresta interpõe-se, e deixo de ver o perfil da cordilheira. Abetos imponentes erguem-se na escuridão. Sobre eles paira a foice da lua. A sua escassa luz projecta-se sobre os campos. Lá muito ao longe eleva-se uma coluna de fumo. Penso nos meus avós. Desde sempre estiveram disponíveis para mim. Sobretudo o meu avô. Ele é um desses avôs que uma pessoa gostaria de ter como pai. Um velho sóbrio e discreto, que luta indomavelmente pela sua vida. Cheio de força e valentia. A minha mãe diz que ele não vai aguentar durante muito mais tempo. Há-de chegar uma altura em que terá de desistir. O cancro não perdoa, diz ela.

A minha mãe adora o avô. Às vezes, pergunto-me se ela não gostará mais dele do que do filho. O seu marido. E meu pai. Mas eu até percebo isso. O meu avô é mesmo um velhote impecável. Não o quero perder. Sempre que tive problemas, fui ter com ele. Quando isso acontecia, ele costumava sempre acender um grande fogo com a minha ajuda. Na lareira. Era o nosso fogo. Chegávamos a ficar três horas ali, à frente do lume, a conversar. Simplesmente. Sobre a forma como tudo passa. O meu avô é uma pessoa muito mais sábia do que eu. Muito daquilo que ele me disse não o posso reproduzir decentemente. Mas sei que o irei guardar no meu coração o tempo que for necessário, até que o consiga compreender.

Os meus avós vivem numa velha casa de campo situada fora da cidade. Aquilo é lindíssimo. Já lá estive milhares de vezes. E já vi o meu avô milhares de vezes. De futuro isso irá por certo acontecer cada vez menos. Nos últimos tempos, há pouco carvão arrumado em frente da lareira.

— Tu tens um dois em Alemão, não é? — pergunta Janosch, virando-se para mim com um olhar implorativo.

— Não, tenho um cinco — respondo. — Sabes perfeitamente que não sei escrever redacções.

— Mas talvez saibas como é que se faz para dizer a uma miúda que a amamos.

— A uma miúda? — pergunto. — O que é que andas a tramar desta vez?

— Pois é — responde Janosch —, ando a tentar escrever uma carta de amor ou uma merda assim do género.

Eu desato a rir.

— À Malen? — pergunto.

— Sim, à Malen — responde ele. — Mas não é assim uma coisa tão fácil como isso, sabes. Não tenho jeito para essas cenas românticas. Sempre que escrevo um ditado faço vinte erros.

— Já pensaste que talvez tenha sido por causa disso que te espetaram com um seis a Alemão? — pergunto.

— Ainda não pus totalmente de parte a hipótese — responde Janosch. —Mas isso não vem agora aqui para o caso. Eu tenho que escrever uma carta de amor à Malen. A questão é que tudo se tornou tão complicado. Dantes um gajo dava uma valente estocada e o assunto estava arrumado. Já sabíamos que a tínhamos. Hoje em dia, é preciso espremer os miolos e pôr tudo tintim por tintim no papel, para causar boa impressão. Só que, por mais que os esprema, os meus miolos não dão tinta. Eu não sou o Kafka, essa é que é essa!

— Acalma-te lá — respondo. — Nem precisas de ser o Kafka. Descreve simplesmente como é que te sentes.

— Achas que devo escrever que me sinto na merda?

— Não é o que agora sentes, meu nabo, mas aquilo que sentes em relação à Malen.

— E o que é que eu sinto? — pergunta Janosch. — Digo-lhe que lhe quero dar uma valente estocada?

— Não — replico eu. — Diz-lhe que a amas. Escreve simplesmente a dizer-lhe que a amas.

— Não sou capaz — responde Janosch. — Ela pregava-me uma chapada.

— Mas também faria isso de certeza se lhe escrevesses à Kafka para lhe dizer *Eu amo-te!*

— Aí é que estás enganado. O Kafka é *crazy*. Além disso, as miúdas curtem os escritores.

— As miúdas curtem é o Leonardo DiCaprio — corrijo.

— Aí és capaz de ter razão — concorda Janosch. — Achas que lhe deva escrever um *amo-te* à Leonardo DiCaprio?

— Tu deves escrever um *amo-te* à Janosch Schwarze! — respondo.

— Já estava mesmo à espera dessa — refila Janosch. — Ouve lá uma coisa, escrever uma carta de amor não é nenhum problema! As miúdas fazem disso uma grande cena. Com os rapazes é diferente. Eles são *crazy*. Estão-se nas tintas prà retórica, connosco a pena desliza assim ao sabor da inspiração. Vamos lá então por partes, o que é que eu devo escrever?

— Escreve *Malen, eu amo-te!* — proponho.

— *Malen, eu amo-te!* Pois muito bem.

Janosch escreve com uma caneta de filtro vermelha no papel. Tem uma caligrafia certinha e direita. Podem reconhecer-se todas as letras.

— E que mais? — pergunta.

— O que é que gostas mais nela? — pergunto. — Tenta elevar o melhor que ela tem até aos píncaros da lua. As mulheres pelam--se por isso.

— E como é que se faz isso? — pergunta o Janosch.

— Com o coração — respondo.

— Com o meu coração? — pergunta Janosch. E fica a pensar. As suas sobrancelhas aproximam-se. Quase se tocam.

— Está-me a parecer que o melhor é dar-lhe mesmo uma valente estocada e o assunto fica arrumado — diz por fim. — É mais fácil. Cartas de amor é negócio de vagabundos. Talvez consiga com o caralho aquilo que não consigo com a cabeça. Tu é que és o especialista! Então como é que vai a tua Marie?

Eu encosto-me no assento.

— Vai andando — digo. — Foge de mim como o Diabo da Cruz. Mas de resto creio que está esplêndida.

— Que gaja esquisita — comenta Janosch. — Primeiro permite que tu a comas, depois foge de ti. Não percebo, acho que é areia de mais para a minha camioneta.

— Pois é, também para a minha — digo. — Mas as coisas são como são.

— É verdade — concorda Janosch. — No fundo, as mulheres são todas assim. São uns bichos esquisitos.

— Esquisitos e a rebentar de tesão — respondo.

— Se calhar, têm tanto tesão precisamente por serem esquisitas — conclui Janosch.

— Sim — digo eu. — Ou então são tão esquisitas porque andam por aí a rebentar de tesão. — Desatamos a rir. Janosch empurra a minha cabeça contra a vidraça.

— Por que é que será que Deus criou as miúdas? — pergunta Janosch. — Por que é que as dotou com um tesão tão imenso? Podia tê-las posto no mundo com a forma de uns bichos feios.

— Mas aí é que está o busílis — respondo. — Enquanto elas estiverem a rebentar de tesão, todo o bicho careta as quer comer. E enquanto todos os gajos andarem a tentar comê-las, a humanidade não corre o perigo de extinção. Pois é, Deus é *bué* de *cool*.

— Deus é *crazy* — acrescenta Janosch. — O senhor Deus é um valdevinos dos diabos. Ele sabia aquilo que queria.

— Deus sabe sempre aquilo que quer — confirmo.

— E o que é que Ele quer neste preciso momento? — pergunta Janosch.

— Ele quer que nós cheguemos bem a Munique — respondo. — Quer que nós nos mantenhamos vivos. É viver que nós queremos, ou não é?

— Claro que é — responde Janosch. — O pessoal vive. Havemos sempre de viver. Havemos de viver tanto tempo até que não exista mais nada para viver.

— Tens a certeza? — pergunto.

— Podes crer — confirma Janosch. — Tu próprio o disseste. Deus quer-nos vivos. E é o que fazemos. Se aquilo que fazemos está certo ou errado, isso deixamos à Sua consideração. Ele que nos diga quando estivermos na Sua presença.

— E achas que iremos estar?

— De certeza que há-de chegar a altura — replica Janosch. — E quando o momento soar, eu creio que vou aproveitar para lhe pedir um autógrafo.

— Então tu queres pedir um autógrafo a Deus? — pergunto.

— Claro — responde Janosch. — É pegar ou largar, não vou ter muitas mais oportunidades.

— Deves estar doido — digo. —Acreditas mesmo que Deus te vai conceder um autógrafo?

— Deus é generoso a dar autógrafos — diz Janosch —, não se faz rogado e dá-os a qualquer um. Tempo é coisa que não lhe falta. Aliás, eu penso que ele não tem o complexo de *star*.

— O que é que tu sabes sobre isso? — contesto. — Deus é o maior dos *super-stars*. Não achas que era falta de educação chegar e pedir-lhe assim um autógrafo sem mais nem menos?

— Não. De certeza que Deus se sentiria lisonjeado. Não é todos os dias que lhe aparece um caçador de autógrafos pela proa.

— Tu és mesmo doido varrido — confirmo.

11

Volto a olhar pela janela. A pouco e pouco, começa a clarear. O clarão das luzes de Rosenheim ilumina a paisagem que percorremos. Estamos quase a chegar. Fortes rajadas de vento fazem voar folhas e ramos sobre a estrada. Os camiões e automóveis vêem-se obrigados a travar frequentemente. Num sítio aqui por perto deve haver um concerto *pop*. Raios de *laser* vermelhos gravitam sobre a cidade suja. Encontram-se no meio. Mantêm-se unidos durante alguns segundos. E voltam novamente a gravitar, afastando-se, depois de se terem interceptado. Para o que havia de me dar agora, senão para pensar na Matemática! No Falkenstein. O meu professor. Ele diz que vê o meu futuro negro. Posso tirar o cavalinho da chuva, diz ele. Nem mesmo com explicações a coisa vai. Simplesmente uma questão de burrice. Talvez tenha razão. Nos últimos tempos tem-me feito mais perguntas. Porque sabe perfeitamente que eu não percebo patavina do assunto. Isso deve dar-lhe uma certa satisfação. O joguinho transformou-se numa autêntica guerra psicológica. Mas no fundo a escola em si é isso mesmo. Não tem nada a ver com o internato. A escola *em si* não passa de uma autêntica guerra psicológica. É preciso apertar com eles, não é verdade? É uma situação bastante dura para alguém que tem dezasseis anos. Ainda somos uns putos e já somos gozados desta maneira. Por um manguelas qualquer que se diz professor. Na Baviera é especialmente mau. Aqui o que está a dar são os putos programados da informática, que passam o dia e a noite a marrar para a escola. São os únicos a serem incentivados. O resto é abandonado à sua sorte. Para eles a máxima *Saber não é idêntico a sabedoria* não conta para nada. São todos uma cambada de punheteiros profissionais, como o Falkenstein. Num dia de revisões, o gajo manda--nos fechar os livros. Depois, com o olhinho penetrante a brilhar, procura uma presa. Já aí eu fico completamente desorientado. Ele ameaça que vai perguntar a matéria a alguém. Que vai chamar ao quadro a sua vítima. Perante todo o pessoal reunido. Ai daquele que não souber responder! Lentamente, ergue-se da sua cadeira de professor. Pronto, já estou banhado em suor. Não quero que o sacana me interrogue. Por que é que ele não anuncia logo ao princípio o nome do interrogado? Ou por que não me espeta logo com um seis? Para mim seria mais fácil. Porquê essa necessidade de me torturar? Detesto ter de fazer contas de cabeça perante toda a turma. Meto sempre água. Começo a tremer. Fico um feixe de nervos. Os dedos de Falkenstein começam a tamborilar no tampo da mesa de Franz. Este está, pelo menos, tão nervoso como eu. A matéria é já por si difícil. E o Falkenstein é perito em pregar rasteiras.

— Então, Franzi? — pergunta. — Estás bem preparado? — Franz encosta-se para trás. Estende os braços para a frente.

— Até estou — sussurra Franz. «Até estou» significa que ele se preparou devidamente. Se dissesse «não», o gajo caía-lhe logo em cima. Se dissesse «sim», provavelmente também aconteceria o mesmo. Mas com o «até estou» conseguiu, uma vez mais, evitar o perigo. Falkenstein segue em frente. Brinca agora com o estojo da Melanie. Todos os alunos da turma desejam atirar para cima do companheiro mais próximo o terrível fardo do interrogatório. A partir do momento em que o nome do azarento é anunciado, os outros descomprimem e acabam por ficar satisfeitos. Ouve-se então um suspiro de alívio colectivo. Para a vítima, porém, a pressão é a dobrar. Mas quer-me bem parecer que toda essa encenação faz parte do plano. Falkenstein olha à sua volta. Eu tremo. Estou completamente bloqueado e já não sei nada de nada. As poucas migalhas que consegui recolher durante as aulas perderam-se no abismo do nervosismo. Não falta muito e eu borro-me mesmo nas calças. Tenho o estômago inchado. Estou com a pele toda arrepiada. Chegou a minha vez. Tinha que ser.

Falkenstein anuncia com uma voz forte e profunda: — Lebert! Fale-nos lá daquilo que eu demorei tanto tempo a explicar. — Começa sempre assim. Odeio a maneira como ele diz isso. A maneira como pronuncia o meu nome. Como se desejasse executar--me. Como se me estivesse a arrastar para o patíbulo. E no fundo é isso o que ele faz. Levanto-me como se estivesse em transe. Continuo a suar. Sinto-me vazio. Os meus pensamentos giram em torno de um nada. Em torno do pedaço de giz a que me agarrei como um náufrago. Os outros alunos respiram fundo. Eu engulo em seco. Brinco com o giz. Tem uma textura áspera. Seca. Deixo-o escorregar pela minha mão. As partículas que se soltam tingem-me a pele. Os meus dedos já estão todos brancos. Olho para o quadro. Não posso com este quadro. Tudo aquilo que é escrito nele tem que ser decorado. Para sempre. É proibido esquecer. E tudo aquilo que uma pessoa escreve durante a hora da revisão já lá esteve escrito anteriormente. Falkenstein dá o enunciado. Eu aponto os dados. Escuto o ruído do giz a escrever. Agora cabe-me resolver os problemas. Mas por que carga de água é que estou aqui? Sei lá! Desenho um sinal. Dois. Um círculo. Falkenstein não está satisfeito. Manda-me regressar para o meu lugar. Quando passo pelos outros alunos, vejo-os olharem para mim com uma expressão destorcida. Uns poucos riem. Olho para o que desenhei no quadro. É horrível. Parece obra de um puto da quinta classe. Fico cheio de vergonha. Tenho muita pena, mas não consigo fazer melhor. A fisioterapeuta com a qual sempre trabalhei afirma que isso tem a ver com a minha incapacidade. Falta-me um aspecto lógico, ou qualquer coisa assim do género. Não se trata apenas de uma deficiência meramente física. Isso explica o meu seis a Matemática. Mas as coisas não podem ser assim tão lineares. Afinal, a Matemática devia ser uma matéria que qualquer pessoa pudesse dominar com maior ou menor dificuldade. Mesmo quando se trata de um totó como eu. Sinto-me frustrado. Tiro do estojo um lápis partido. Está lá escrito *Built your own future*. Não me façam rir. Nem sequer consegui ainda edificar as bases. Mas tudo bem. Tenho dezasseis anos. Ainda estou com toda a vida à minha frente. É assim que se diz, não é? No final da aula, o Falkenstein vem ter comigo. — Isso do exame final podes esquecer — diz ele. — Assim como vejo as coisas, já nos podemos dar por satisfeitos se o Ministério da Cultura não introduzir a nota 8 especialmente para ti.

E sorri aquele seu sorriso grande e largo, que vai de orelha a orelha. Como gostaria de lhe partir todos os dentinhos. Pela simples curiosidade de saber o que o Ministério da Cultura iria introduzir especialmente para mim. Falkenstein vai-se embora. Eu também. Temos intervalo.

Pois, pois, não se pode dizer que o período escolar seja um mar de rosas.

*

Entramos em Rosenheim. O trânsito é muito intenso. Por todo o lado vêem-se bichas de autocarros e pessoas. Viro-me para o Janosch. A lembrança do último interrogatório em Matemática desvanece-se perante a expressão do seu rosto. Janosch sorri.

— Achas que já andam à nossa procura? — pergunto.

— Penso que sim — responde Janosch. — Provavelmente, acabaram de informar os nossos pais.

— Achas que os teus pais se vão chatear? — pergunto.

— Os meus velhos estão sempre chateados comigo — responde o Janosch. — Mas penso que a coisa não seja assim tão grave. Uma vez já disse ao meu pai que se um dia desaparecesse, devia muito provavelmente estar com amigos.

— E como é que ele reagiu? — quis saber.

— Pregou-me um estaladão — respondeu o Janosch.

— Pregou-te um estaladão? — repeti. — E mesmo assim tu piras-te? Eu não me tinha atrevido a isso.

— Mas é preciso arriscar — explica o Janosch. — Senão não se consegue nada na vida. Como é que diz o poeta?

E enquanto isso não possuíres: esse perecer e renascer,
Serás apenas mais um obscuro hóspede nesta Terra sombria.

— Desde quando é que te interessas por poesia? — pergunto.

— Nunca me interessei — responde Janosch. — O meu irmão disse-me um dia que esses versos eram porreiros para engatar gajas.

— Mas tu tens um irmão? — pergunto — Que idade é que ele tem?

— Vinte — responde Janosch. — Vive nos Estados Unidos. Emigrou para lá, ou uma merda assim. De qualquer forma, gramo-o à brava.

— E ajudou-te? — quero ainda saber.

— O quê?

— Essa táctica dos versos com as mulheres!

— Ah, isso, não — retorquiu Janosch. — A gaja a quem eu recitei os versos disse-me que não se interessava por poemas. Infelizmente, tudo se resumiu a um batido.

Volto a olhar pela janela. Ao longe vê-se já a estação principal, a nossa paragem. O que é que os meus pais estarão a pensar de tudo isto? A mãe entrou de certeza em pânico. Se calhar, até se meteu no carro e foi para Neuseelen. Para me procurar. Ela entra facilmente em pânico. Principalmente quando se trata de mim. Quer proteger-me. Nunca me quer deixar sozinho. Acha que sou demasiado sensível. Se dependesse dela, nunca teria ido para o internato. Ela prefere ter-me em casa. Consigo. Onde nada me pode acontecer. Tenho pena dela. Provavelmente deve estar neste momento no carro, a caminho do internato. O meu pai de certeza que não sabe de nada. Também, como é que poderia saber se mora agora num hotel? Para recuperar. Abandonar é sempre mais fácil, penso. Ser abandonado já não é assim tão fácil. No fundo, devia estar zangado com ele. A minha irmã contou-me ainda qualquer coisa sobre uma outra mulher. Parece que só tem vinte anos. Com umas brutas mamas e longas pernas. Se alguma vez chegar a conhecê-la, hei-de encarregar-me pessoalmente de lhe partir as trombas. Para isso já não sou demasiado sensível. É a velha história. Passamos a vida a ler isso nos tablóides:

A nova felicidade nos braços de uma atraente jovem:

Após décadas de rotina matrimonial, os maridos encontram novamente o prazer perdido.

Na maior parte das vezes, o texto é acompanhado de uma fotografia de um velhote abraçado a uma dessas mamalhudas. Mas isso não pode ser verdade. Uma coisa dessas não existe na realidade. Só nessa imprensa de merda. Mas não em minha casa. Não na nossa família. Na minha família. Uma família tem que valer um pouco mais do que uma dessas mamalhudas. Tem que ser mais do que isso. Eu não quero perder a minha família. Afinal de contas, sempre faço parte dela. O que é que serei eu sem eles? Um pedaço? Um fragmento? Será que qualquer pessoa tem que deixar uma vez a família para se tornar um verdadeiro ser humano? Acho que ando a pensar demasiado no assunto. Devia tratar de seguir o meu próprio caminho. Encontro-me neste momento num sítio qualquer em Rosenheim. O autocarro estaciona. Com a travagem sou empurrado de encontro ao assento. Levanto-me. Sinto dores na perna esquerda. Janosch reconhece isso no meu olhar. Posso apoiar-me nele. Juntos saímos do autocarro. Sambraus, Florian e os outros esperam por nós no passeio. Há imenso trânsito. Milhares de pessoas passam por nós. Os seus olhos brilham de alegria. O mesmo acontece com Florian, os dois Félix, Troy e Sambraus. Os seus rostos vibram de expectativa.

— Então, toca a andar! — anuncia o Félix gordo. Toca a marchar prà cidade. Os seis gajos mais doidos do século encontram-se finalmente a postos. Pode dar-se o sinal de partida. Para Munique.

— Achas que puseram a polícia no nosso encalço? — pergunta Janosch. O seu olhar mantém-se frio. Nada na sua aparência deixa antever qualquer excitação. Ele põe o braço por cima do meu ombro. Olha para mim demoradamente. Como se tivesse adivinhado os meus pensamentos de há pouco.

— Não creio — replica Félix. — Por que carga da água é que iriam mandar polícias para aqui? De certeza que andam à procura de nós em Neuseelen. Não iremos ter problemas em apanhar o comboio. E no momento em que nos encontrarmos no comboio, estamos safos. O Sambraus vai ali buscar sete bilhetes. Ali à frente, nas bilheteiras! Ninguém repara. Nós esperamos na gare. Creio que o comboio parte da linha 2. Por isso, encontramo-nos lá. Daqui a dez minutos. Evitem o contacto com os funcionários da estação! Nunca se sabe.

Com estas palavras o Félix gordo e os outros entram apressadamente no edifício da estação. A porta de entrada fecha-se com um silvo atrás deles. Toda ela é em vidro. Os quatro rapazes atravessam a correr o átrio da estação, seguidos por Sambraus, que se dirige directamente à bilheteira com passos arrastados. Viro-me para Janosch. Ele está a olhar para a minha perna esquerda.

— Como sempre? — pergunta.

— Como sempre — confirmo.

— Não podes desistir, Benni! — diz. — O ser humano nunca deve desistir. Pode ser aniquilado, mas nunca deve desistir.

— Mesmo quando às vezes se torna mais fácil desistir? — pergunto.

— Nem mesmo nessas alturas — confirma Benni.

— Mas eu quero mandar tudo às malvas — digo-lhe. — Está-se a tornar tudo cada vez mais incontrolável. Estamos a ir longe de mais. Nem eu sei bem porquê. Não estou a perceber qual será o sentido disto tudo, Janosch. Não vejo a finalidade. Ando a pensar durante todo o tempo nos meus pais. Na namorada que o meu velho arranjou. Enquanto isso, a minha perna esquerda dói-me imenso. Uma perna deficiente não é brinquedo e não me parece ter sido precisamente concebida para a viagem mais doida do século. Uma perna deficiente é um trambolho que foi feito para um gajo dormir com ele e pouco mais. Para estar descansado. Estou estoirado, Janosch. Estoirado.

— Benjamin Lebert, tu és um herói — afirma Janosch com uma voz grave. O seu olhar tem um brilho selvagem. Com todo o cuidado puxa por mim, apoiando-me para que dê o próximo passo.

— Um herói? — pergunto. — Então os aleijados também já são heróis?

— Os aleijados não — responde Janosch. — Mas *tu* és um herói.

— E já agora porquê? — quero saber.

— Porque a própria vida se manifesta através de ti — replica Janosch.

— Através de mim? — pergunto.

— Através de ti — confirma.

— O que se manifesta através de mim é fodido — respondo.

— Não, é excitante — exulta Janosch divertidíssimo. — A vida é excitante. Está sempre a acontecer algo de novo.

— Mas será que nós queremos isso? — pergunto.

— Claro que queremos — grita Janosch. — De contrário, seria uma chatice. É preciso estarmos sempre activos, para encontrar, como é que o Félix diz, o fio à meada. É isso, o fio. É preciso andar sempre à cata do famoso fio. Toda a juventude é uma única procura do fio. Anda daí, Benni! Vamos ver se encontramos o fio! Se calhar, está no raio do comboio que vai partir para Munique.

12

Lá dentro espera-nos um grande átrio. Ao centro estão as bilheteiras e o balcão das informações. Por cima encontram-se penduradas umas letras azuis enormes. Para orientação. Dos altifalantes ecoa uma mensagem desesperada: *O número 27d, por favor, dirigir-se ao guiché A!*

Janosch e eu olhamos um para o outro e desatamos a rir. Pergunto-me quem será o desgraçado do 27. As paredes estão cheias de anúncios publicitários. Sobretudo publicidade de jornais diários. Procuro o jornal onde o meu tio trabalha. E encontro-o. No extremo direito, ao canto. As letras brilham lá de cima cá para baixo. Ao longe distinguimos os carris. O nosso comboio parte da linha 2 e já se encontra anunciado:

IC 134 para Karlsruhe. Paragens em Munique, Pasing, Stuttgart. Partida prevista para as 20 h 45.

Olho para o relógio. São 20 h 32. Ainda temos tempo. Janosch corre para uma das tabacarias que se encontram ao fundo do átrio. Parece-se mais com um quiosque de tabaco. Um homem baixo e pálido olha através de uma janela aberta. Por cima encontra-se afixado um anúncio de néon em forma de maço de cigarros com o letreiro *Monsieur de Tabac*.

— O que é que queres comprar? — pergunto a Janosch quando este corre em direcção ao postigo.

— Dois charutos — responde.

— Dois charutos — repito. — Para quê?

— Para fumar — replica Janosch. — Para nós.

— Para nós — pergunto. — Porquê?

113

— Porque somos homens. E os homens fumam charuto — responde. — Ou será que nunca viste o *Dia da Independência*?

— Já vi — respondo. — Mas esses salvaram o mundo da invasão dos extraterrestres. Isso ainda nós não conseguimos, não é?

— Não, isso ainda não fizemos — responde o Janosch. — Mas fizemos uma coisa parecida.

— E pode saber-se o que é que fizemos de parecido?

— Baldámo-nos do internato — responde o Janosch. — Para nós foi pelo menos tão difícil como para os outros salvar a Terra dos extraterrestres. Tens sempre que ver as coisas nas suas proporções.

— Achas que sim? — pergunto.

— É claro que sim — assegura Janosch. — Além disso, merecemos um charuto. Basta.

E com estas palavras aproxima-se do homenzinho pálido que o espera à janela.

*

— Malta! Algum de vocês é capaz de me explicar por que razão é que eu me deixei arrastar para isto? — pergunta o Félix gordo quando já nos encontramos na plataforma. São 20 h 42. O comboio deve estar a aparecer.

— É capaz de ter a ver com o facto de sermos amigos — propõe o Janosch.

— Amigos? — grasna o Félix gordo. — OK, mas o que significa isso, no fundo? A amizade?

Janosch fica um momento a pensar. — Uma amizade é algo que está dentro de uma pessoa, acho eu — diz por fim. — Não se pode ver. Mas continua a existir.

— Sim, continua a existir — confirma o Félix magro. — Como por exemplo um dia.

— Um dia? — admira-se o Félix gordo. — Se a amizade é como um dia, então que raio é que será, por exemplo, o sol?

— Olha, somos nós — esclarece o Félix magro. — Nós somos o sol.

— Nós somos um sol? — pergunta Janosch. — E o que é que gira à nossa volta?

— A amizade — replica o Félix magro. — Pelo menos, é isso que eu penso.

— E quem é que dá a luz? — insiste. — Achas que eu, por exemplo, dou luz?

— Todos nós irradiamos luz — explica o Félix magro. — Todos nós juntos irradiamos a nossa luz própria dentro do sistema da nossa amizade.

— Não estou bem a perceber — interpõe Florian, a quem todos chamam a «Menina». — Será que alguém é capaz de ver a nossa luz?

— Nós podemos — conclui o Bolinhas. — E isso é quanto basta.

— E de resto mais ninguém? — pergunta o Florian.

— Depende da força da amizade — diz o Félix magro. — Às vezes, os outros também a podem ver. Mas no princípio temos que ser nós a vê-la. Porque só aquilo que é iluminado é que pode ser visto. E é aí que está a questão: a amizade é uma forma de iluminar.

— Todas essas patacoadas com o iluminar ou deixar de iluminar são uma merda — replica Janosch. — A nossa amizade é simplesmente *crazy*. Pelo menos, trouxe-nos até aqui.

— Só a amizade — pergunta Florian.

— Bem, a carne assada do Bolinhas também é capaz de ter dado uma contribuiçãozinha — admite Janosch. — Mas de resto penso que foi a nossa amizade. Alguma coisa há-de ter sido. Alguém está com vontade de celebrar uma irmandade de sangue? Tenho aqui no bolso das calças um *punaise*. Acho que para o efeito chega.

— Não sei — replica o Félix gordo. — Não estamos aqui propriamente na floresta do Robin Hood. Além disso, acho que já fizemos loucuras suficientes para a tarde de hoje. Já chega.

— Enganas-te — corrige-o Janosch. — Nunca se pode fazer demasiadas loucuras. É preciso beber a vida a jorros.

— Falaste em beber? — pergunta o Florian, a quem todos chamam a «Menina». — Achas que a vida é um rio?

— Deve ser qualquer coisa assim parecida — aprova o Félix magro.

— E não estarão vocês a passar-se dos carretos? — contrapõe Janosch. — Então nós somos um sol? E a vida é um rio? E a amizade gira à nossa volta? Tudo quanto é demais cheira mal, acho eu. A vida é a vida. E um rio é um rio. E se as palavras me faltassem, diria que a amizade também é simplesmente a amizade. Por que é que havemos de andar sempre à procura de imagens para explicar tudo? Por que é que havemos de tentar sempre compreender tudo? Será que o Bom Deus pretende que nós compreendamos sempre tudo? Eu acho que o que Ele quer é que nós vivamos.

— Não me digas que te juntaste aos crentes? — pergunta o Félix, dirigindo-se a Janosch.

— Sim, de certa forma até acho que sim — confirma este. — Tenho que o agradecer aqui ao velho Lebert, com a sua mania de filosofar sobre a vida. De qualquer forma, acredito neste momento mais em Deus do que na vida como sendo um rio. A vida é uma tentativa.

— E o que é que nós andamos a tentar? — pergunta Florian.

— Andamos a tentar experimentar tudo — responde Janosch.

— É essa a tentativa. E agora vamos tentar tornar-nos irmãos de sangue. — «Menina», tu és o primeiro!

Florian dá um passo em frente. No seu olhar reflecte-se a dúvida. Mas não hesita em estender o dedo.

— Algum de vocês tem SIDA? — quer saber.

— Claro, eu — responde o Félix gordo. — Ainda não sabias?

— Acaba lá com a parvoíce — adverte-o Florian. — Essa merda do *punaise* vai magoar de certeza!

— Não magoa nada — discorda Janosch. — Além disso, tu és um homem ou não és? — E espeta o *punaise* no próprio indicador. O sangue esguicha. Depois faz o mesmo a Florian. Os olhos deste contraem-se por segundos. A seguir, os dois esfregam os dedos um de encontro ao outro. Janosch dá agora a volta. Primeiro, corta o dedo de Troy, a seguir o do Bolinhas e o do Félix. Depois, chega a minha vez. O meu corpo é atravessado por uma pontada aguda. Eu não posso ver sangue. Sinto-me logo mal. Viro-me para o lado, enquanto Janosch aperta os nossos dedos. Quando tudo termina, colocamos as mãos umas em cima das outras. Irmãos de sangue.

*

O comboio chega com cinco minutos de atraso. O primeiro sinal que ele dá de si é um apito agudo, que ecoa e se propaga até nós. Finalmente, a composição entra na estação de Rosenheim. Trata-se de um simples Intercity-Express vermelho. Através das vidraças apercebo-me da presença de poucas pessoas. A maior parte dos passageiros esperam perto das portas. Querem descer em Rosenheim. O comboio pára com um silvo. A pouco e pouco, as portas são abertas. Uma grande quantidade de turistas desce para a plataforma da gare.

Sambraus retira os bilhetes do bolso do impermeável e entrega-no-los. Tivemos sorte. O número da nossa carruagem é o 29. A carruagem que está à nossa frente é a 22. O Bolinhas, o Troy, Florian e o Félix correm à procura da 29. Sambraus, Janosch e eu seguimos atrás. Janosch ampara-me. Sinto-me estoirado. Logo que chegamos à 29, somos puxados por um revisor da companhia dos caminhos de ferro para dentro do comboio. É um homem baixo com uma magnífica cabeleira branca encaracolada. A porta fecha-se, lentamente a composição põe-se em movimento.

— Ainda há amigos, hein? — diz o revisor, referindo-se à ajuda prestada por Janosch.

— Sim, amigos — admite Janosch, e ampara-me enquanto avançamos pelo corredor, em direcção aos outros cinco, que já se encontram sentados. Troy está refastelado, ainda tem o impermeável vestido. Os seus olhos estão fechados e respira fundo. Talvez esteja a sonhar com um mundo melhor. À sua frente está sentado Sambraus, que acaba de tirar um livro do bolso do sobretudo: Paul Auster, *Leviathan**. Uma edição de bolso. Na capa vê-se a cabeça da estátua da Liberdade. Pelo que me é dado ver, Sambraus deve ter chegado sensivelmente ao meio do livro. Não conheço nem a obra nem o seu autor, mas já ouvi falar do nome. Paul Auster. Parece que se trata de um desses raros autores verdadeiramente grandiosos, que agora aparecem por aí aos milhares. Ao lado de Sambraus está sentado o Florian. Está a olhar através da janela. No seu rosto espelha-se todo o cansaço do dia. Os seus pensamentos estão por certo muito longe. Talvez junto dos seus pais já falecidos. Ou às voltas com a avó. Está

_____
*Publicado pela Editorial Presença em 1993. Reeditado nesta colecção em 1997 com o n.º 46. *(NE)*

agora a olhar para o chão. Vejo-o estender os braços com um ar fatigado. Ao seu lado direito está sentado o Félix magro. O peito dilata-se e contrai-se ao ritmo da respiração. A mão ergue-se para apertar as asas do nariz. Vejo-o esfregar repetidamente o indicador direito com a mão esquerda. Anda a tentar limpar o sangue. O dedo está bastante sujo. Para além de não ter um aspecto lá muito bonito. Dá a ideia de ter sangrado do nariz, ou uma coisa assim do género. Do lado de fora está sentado o Bolinhas, que esparramou a sua peida gorda de encontro ao assento. De momento está ocupado com a sua mochila de guloseimas. Vejo-o mexer num pacote de gomas. Ursinhos. Amarelos, vermelhos, lilases. Umas cores a seguir às outras vão passando para dentro das bochechas de *hamster* do Bolinhas. Onde serão trituradas, deglutidas e transformadas numa pasta homogénea. De vez em quando, a língua sôfrega de Félix lambe rapidamente os cantos dos beiços. Está completamente tingida de *pink* pelas guloseimas. Janosch e eu sentamo-nos à direita, ao lado de Troy. Eu posso ir outra vez à janela. Isso dá-me um certo alento. Lá fora é noite cerrada. Apenas a lua brilha lá em cima. Alguns abetos erguem-se na escuridão. De resto, apercebo-me apenas dos contornos de um descampado vasto e inóspito. Quase que não consigo reconhecer mais nada.

Os carris, que no início acompanharam a direcção do comboio, executam uma curva para a esquerda, abandonando subitamente o nosso trajecto comum em direcção a Munique. Cada vez mais me vou enterrando no meu assento. É confortável, acho que se poderia dormir aqui sentado. Sobre cada um dos lugares encontra-se afixado um pequeno cartaz. A maior pare deles mostram-nos uma cena retirada da história dos caminhos-de-ferro. O meu é um anúncio. Para um curso de Inglês. *Talk the words tight out of your soul,* ou qualquer coisa assim do género. Olho para o Janosch. Os seus olhos escondem-se. Há qualquer coisa que se passa com ele. As suas mãos movem-se nervosamente ao longo dos apoios para os braços. Tem umas mãos delicadas, onde se conseguem reconhecer quase todos os sulcos. Uma penugem loura brilha nas costas das mãos. A ténue luz da carruagem faz com que ela se distinga perfeitamente da arquitectura da mão. Os dedos de Janosch afagam o seu pólo negro. No seu rosto cintila a liberdade. Sente-se que está radiante por se encontrar a caminho de Munique. Volto a olhar através da janela. No horizonte brilham as luzes vermelhas de um avião na escuridão. Para onde é que ele levará os seus passageiros? Mais à frente, mesmo junto aos carris, quatro jovens acenderam uma fogueira. Estão confortavelmente sentados a fumar sobre uma pequena elevação. Passamos por eles num rompante. Penso na minha antiga escola, nas pessoas que lá encontrei. Chamavam-me sempre o «Pé Torto». Por causa da maneira esquisita de andar que eu tenho. Sempre a arrastar o pé esquerdo. O estilo não lhes agradava. Às vezes, passavam-me uma rasteira e desatavam a rir quando eu me estatelava no chão. E outras vezes esperavam por mim lá fora, para me gamarem a merenda. Para ficarem com o pão que a minha mãe tinha preparado especialmente para mim. Com muito queijo e muito salame. Eu tinha pena da minha mãe. E não queria entregar os pães. Nunca o quis. Mas tinha de o fazer. Os outros rapazes eram mais fortes do que eu. Matthias Bochow era o chefe. Um gajo corpulento, largo, com umas costas de touro e cabelo castanho encaracolado. Quando muito 1,73 m de altura. Há já dezassete primaveras que vagueava por este mundo e tudo o que cheirava, via ou sentia causava-lhe uma profunda aversão. E tudo aquilo de que ele não gostava os outros também não gostavam. Ele era o chefe. A cabeça pensante da alcateia. A sua vontade era a lei. E a lei era dura. Os outros cinco rapazes eram apenas os seus sequazes: Peter Trimolt, 17 anos, Michael Wiesbeck, 18, Stephan Genessius, 17, Claudio Bertram, 17 e Karim Derwart, 16. Eram eles que faziam o trabalho sujo para o Matthias. Tudo aquilo que ele desejava era posto em prática. Eles arranjavam-lhe as miúdas, ajudaram-no a passar a nona classe e tiravam-lhe os totós do caminho. Como eu, o «Pé Torto». Uma vez, depois das aulas, amarraram-me a uma árvore. Uma faia. Com uma corda velha que haviam roubado ao porteiro. E ali fiquei até meio da tarde. Até que a minha mãe irrompeu no pátio da escola, num grande pranto. Estava completamente fora de si. Durante duas semanas não permitiu que eu fosse à escola. O que, aliás, só me fez bem. Pelo menos assim pude recompor-me. Ler um bocado. Creio que esse Matthias Bochow ainda existe. Às vezes, vejo-o agarrado a uma gaja toda *sexy* no Metro. Mas já não me liga nenhuma.

*

Agarro na minha mochila e tiro de lá uma barra de chocolate e o livro que trouxe para ler na viagem. Lá fora vejo algumas estrelas. O avião desapareceu. Agarro no livro com ambas as mãos. Acaricio o papel com o polegar. A capa é lisa e maleável. Adoro mexer em livros. Transmite-me uma sensação de tranquilidade. A sensação de que neste mundo ainda existe algo que podemos agarrar e manter junto de nós. Apesar de tudo se esboroar e correr vertiginosamente à nossa volta. Esta sensação sinto-a especialmente quando tenho entre as mãos um livro novo. E este livro que agora seguro é novinho em folha. Foi-me oferecido pelo meu pai. É um livro de bolso, e o pai disse-me que é o melhor livro que jamais foi escrito sobre a vida. Entalado entre as últimas páginas encontra-se ainda o talão de venda. Sete marcos e noventa. *Agradecidos pela escolha. A sua livraria Lehmkuhl.* O meu pai ofereceu-me este livro durante o último fim-de-semana que passei em casa. Ainda cheira a novo. É um cheiro bom. Na capa vermelha pode ver-se um velho. Que põe o braço por cima do ombro dum rapazinho. Do lado vê-se uma faixa com as palavras «Prémio Nobel». Trata-se, pois, de uma obra premiada. Não faço ideia de que tipo de prémio se trata. Mas isso também não me interessa. No lado direito, em letras brancas, apertadas, pode ler-se:

O Velho e o Mar
De Ernest Hemingway

Um título genial, acho eu. Sabe logo a qualquer coisa. Uma pessoa sente imediatamente vontade de lê-lo. E é o que faço. Lentamente, abro o livro. Seguro-o com a mão direita. A esquerda só me serviria de empecilho. Magra e nojenta, encolhe-se no seu espasmo. Começo a ler. Dou ainda uma última olhadela ao relógio. São 21 h 09. Temos portanto cerca de setenta minutos de viagem à nossa frente. Ainda há tempo. Continuo a ler. As letras e as frases voam até mim. É um belo livro. Cada expressão, cada observação acerta em cheio no meu coração. Não tarda que os olhos se me encham de lágrimas. Acontece-me sempre isto. Os livros bons fazem-me chorar. Chorei baba e ranho de todo o tamanho quando li *A Ilha do Tesouro* e choro agora ao ler *O Velho e o Mar*. Pelos vistos, é a minha sina. E no fundo a história até é bastante simples. Tudo se resume a umas escassas cinquenta páginas. Trata-se de um velho pescador que na sua velhice já não consegue pescar mais nenhum peixe. E passa fome. Todas as pessoas riem dele. Só um miúdo é que está do seu lado. Antigamente, ele tinha-o acompanhado na faina da pesca. Mas agora já não pode, os seus pais não lho permitem. O velho pescador é um azarado, não traz peixe nenhum para casa. Por isso, tem que se fazer ao mar sozinho. E um dia ele tem preso ao anzol um enorme peixe. Porém, e antes de o conseguir trazer para terra, o velho perde a pescaria da sua vida numa luta esgotante contra o mar e os seus tubarões. É de facto um livro incrível. Ainda não li um quarto e já desatei a chorar. Emocionado, aperto o livro contra o peito. E agradeço ao meu pai por me ter comprado este livro. E agradeço a Ernest Hemingway por ter conseguido escrever uma história como esta. Assoo-me a um lenço de papel. Janosch olha para mim a rir.

— O nosso Lebert é assim — tenta explicar, virando-se para Sambraus. — Um bocadinho sensível.

— O que é que andaste aí a ler? — pergunta finalmente Janosch.

— *O Velho e o Mar* — respondo.

— Com que e então *O Velho e o Mar*?! — pergunta Janosch, dobrando as mãos. — Dizem que é bastante bom. Achas que mo podes ler em voz alta? Simplesmente assim, só para curtir? Ainda temos bastante tempo à nossa frente. Além disso, também tenho que conhecer a literatura.

— E achas que isto é literatura? — pergunto.

— Parto do princípio que sim — responde Janosch.

— E o que é literatura? — insisto.

— Literatura é quando tu lês um livro e podes sublinhar cada uma das frases, porque são autênticas — explica Janosch.

— Porque são autênticas — repito. — O que é que quer dizer isso?

— Quando cada uma das frases está certa, acho eu — responde Janosch. — Quando nos deixa antever qualquer coisa do mundo. Da vida. Quando tu, em cada uma das frases, ficas com a sensação de que reagirias ou pensarias exactamente como a personagem do romance. Só então é que é literatura.

— Onde é que aprendeste isso?

— São coisas que eu penso — responde Janosch.

— São coisas que tu pensas? — repito. — Então é merda de certeza. Um professor de literatura dir-me-ia outra coisa completamente diferente. Quantos livros é que já leste?

— Dois, talvez — responde Janosch.

— Dois, talvez? E vens-me cá falar de literatura?

— Claro, não eras tu que querias saber o que eu penso sobre isso? — replica Janosch. — E, além disso, acho que isso é tudo muito complicado. Nem mesmo aqueles que deviam perceber do assunto pescam alguma coisa disso. Por que é que andamos então às voltas com essas questões? O importante é lermos. Pelo prazer de ler. E pelo prazer de perceber. E deixemo-nos de colocar a questão sobre se isso é ou não é literatura. Os outros que se ocupem do assunto. Se de facto for literatura, pois bem, ainda melhor. Se não for, que se lixe.

— Estou completamente de acordo — digo. E volto a abrir o livro. Dos altifalantes soa uma espécie de silvo oco. Logo a seguir, ouve-se a voz do revisor. Alterada e por várias vezes interrompida. Mas conseguimos perceber o mais importante. Vamos chegar a Munique meia hora atrasados. Janosch e os outros suspiram. Eu entrego-me novamente ao texto. Leio em voz alta e pausada. Quase que não cometo erros. Normalmente, sinto sempre dificuldades em ler. Na escola passo a vida a engasgar-me. Mas aqui tudo funciona na perfeição. Em breve já não é só Janosch que me presta atenção. Também os outros se puseram à escuta. Olham para mim com os olhos muito abertos. Até o Sambraus parece que gosta da minha leitura. O livro de Paul Auster escorrega por entre os apoios do acento. Por fim, acaba por dobrar as mãos sobre a barriga. Já não sei há quanto tempo estou a ler. Há uma data de tempo. Tenho a boca seca e vazia. O velho perde a luta contra o oceano. Regressa a casa sem nada. As faces do miúdo coram. Até o Janosch respira fundo. Sacode a cabeça com violência. Os seus olhos quase que rebentam. As orelhas adquiriram um tom vermelho escuro. Rapidamente, deita a mão ao romance de Hemingway.

O Bolinhas e o Félix magro dão-se as mãos consternados. Nos seus olhos brilham lágrimas. Troy e Florian mantêm-se *cool*. Parece que a obra não os impressionou lá muito. Não sentem nenhuma pena. Agora é o Félix gordo que puxa para si o livro de bolso. E começa a desfolhá-lo rapidamente. Volta a ler as partes mais importantes. Depois entrega-mo de novo. O seu rosto está iluminado. Olho para o relógio. São 22 h 40. Devemos estar quase a entrar em Munique.

13

O Félix gordo eleva o tom da sua voz. Os olhos estão virados para a janela.

— Vocês acham que somos tão valentes como o velho deste livro? — pergunta. — Mesmo nos tempos da escassez e da perda?

— Todos nós somos valentes — responde Janosch.

— Mas por que é que o somos? — quer saber o Félix gordo.

— Onde é que se situa a fronteira entre a valentia e a coragem?

— Não há qualquer fronteira — afirma Florian, a quem todos chamam a «Menina». — Toda a pessoa é corajosa e valente ao mesmo tempo.

— E porquê? — quer saber o Félix gordo.

— Porque cada um se levanta da cama de manhã e vai à sua vida — explica o Félix magro — sem enfiar uma bala nos miolos. E isso é um sinal tanto de coragem como de valentia.

— E por que é que ninguém vê isso nem fala sobre isso? — pergunta o Bolinhas.

— Porque esse facto se tornou desde há muito um dado adquirido — responde Janosch.

— Um dado adquirido? — repete Félix. — Por que é que neste mundo é tudo tão natural e evidente? Por que é que se parte de todos esses pressupostos? De que, por exemplo, cada um vai à sua vida? De que colocamos um pé à frente do outro? Por que é que isso é considerado assim tão normal? Em que raio de manual é que isso está escrito? E quem foi o merdoso que o publicou?

— Esse merdoso é Deus Nosso Senhor — responde Sambraus, encolhendo as sobrancelhas. O Félix disse que o Sambraus é um gajo fixe. Em Rosenheim falou bastante com ele. Sobre a vida, sobre o que lhe tinha acontecido.

Sambraus frequentou o internato de Neuseelen. Deve ter sido um tempo lixado para ele. Sentia-se aprisionado, queria voltar o mais depressa possível para casa. Mas quando, de facto, regressou a casa, constatou que já nada mais funcionava. De repente, sentia falta da vida regrada do internato. Durante a Segunda Guerra Mundial, Sambraus esteve na frente russa. Quando a guerra acabou, foi viver com a noiva, que conhecera durante um curto período de férias, para Neuseelen. Foi também lá que casaram. A mulher morreu em 1977, vítima de um cancro. Ele enterrou-a no cemitério de Neuseele, porque ela gostava tanto daquele sítio. Depois da morte da mulher, o velho parece ter perdido as estribeiras. Passava a vida no putedo e coisas do género. Tentava esquecer as mágoas a montar gajas. Até parece que foi viver para Munique num apartamento situado por cima de um bar de *striptease*. É lá que ainda hoje vive. E desde há vinte anos a esta parte, o bom do Sambraus viaja dia sim dia não até Neuseelen para ir depositar um grande ramo de rosas vermelhas na campa da sua senhora. Parece que eram as flores preferidas dela.

— E por que é que o Bom Deus se lembra de encenar um enredo destes? — pergunta o «Bolinhas», cerrando os punhos.

— Porque tudo no mundo tem de decorrer segundo um determinado esquema — explica Sambraus. — E esse esquema consiste em ver para poder ver. Ouvir para poder ouvir. Perceber para poder perceber. E correr para poder correr. E se o momento chegou, meu menino, então o melhor que tens a fazer é dares corda aos sapatos e pores-te a andar. Pernas para que vos quero!

O Félix gordo prime o rosto de encontro ao vidro da janela. Formam-se aí manchas grandes, escuras. Dos altifalantes ecoa a voz arranhada do revisor:

Em poucos minutos chegaremos à estação Principal de Munique.

*

Do outro lado da vidraça Munique espera por nós. Estou de pé diante da janela. Janosch, Troy e os outros colocam-se atrás de mim. A composição entra vagarosamente na Estação Principal. A enorme mochila do Bolinhas quase que fica entalada entre dois cantos. Ao meu lado encontra-se um homem louro com um pastor alemão. Parece estar cheio de sono.

— Chegou o momento, rapazes — exclama Janosch.

— Que momento? — pergunto.

— Ora que porra, o momento do charuto — responde Janosch. — Estamos a chegar a Munique. É agora que os devemos fumar. Como dois heróis que somos. Tal e qual como no *Dia da Independência*.

E tira-os da sacola. São charutos baratos, da marca *Agno*. Mas que se lixe, ele dá-me um e mete o outro na boca. Depois espera até que eu faça o mesmo e acende-os. Janosch está-se borrifando para a tabuleta com o «Proibido Fumar» e para o homem loiro. Sôfrego, dá uma chupada no seu charuto. O loiro começa a piscar os olhos. Eu viro-me para o lado, sopro o fumo em direcção a um nicho. O charuto tem um sabor horrível. Quem me dera que ele já estivesse no fim. O pastor-alemão espirra. Fico com pena dele. Os seus olhos bondosos olham para mim. Eu viro de novo a cara.

— Tens medo da morte? — pergunto a Janosch.

— Um rapaz da nossa idade nunca tem medo da morte — responde ele.

— Achas que não? — insisto.

— A sério — replica o Janosch. — Um rapaz só começa a ter medo da morte quando deixar de o ser. Antes disso a sua obrigação é simplesmente viver. E não é então que vai perder tempo a pensar na morte.

— Então por que é que eu tenho medo da morte? — pergunto.

— O teu caso é um pouco diferente — explica Janosch.

— Ai sim? E então qual é a diferença? — insisto.

— No teu caso, é todo esse mar! — afirma Janosch.

— O mar? — repito.

— O mar do medo. Tens que mandar acabar com tudo isso. É que, sabes, no teu mundo há tantas coisas que querem dar cabo de ti. Seja a separação dos teus velhos. Ou o internato. Ou os outros gajos. Tenta não dares tu próprio cabo de ti! Seria uma pena, sabes?!

126

Janosch dá um travo no seu charuto. Eu fico a olhar para ele. Admiro este gajo. Ainda não lho disse, mas admiro-o como o caraças. Janosch é a vida. A luz. E o sol. E se existir um Deus, então Ele manifesta-se através do meu amigo. Disso tenho eu a certeza. Só peço que Ele o abençoe. A carruagem pára. Chegámos. As portas abrem-se. O homem loiro com o cão é o primeiro a saltar para a plataforma da gare. A seguir desce Janosch e depois desço eu. Vejo o cão a desaparecer na confusão. É um querido. O focinho virado para o chão. Cansado e meio chateado lá vai ele trotando ao lado do seu companheiro. A última coisa que distingo dele é a cauda. Um rabo peludo que aponta para o caminho.

Penso no *nosso* cão. Charlie. Um gigante gentil, arraçado de S. Bernardo. O pai era um monstro. A mãe outro monstro. Não admira que tivesse mais de um metro. Morreu há dois anos. Parece--me uma eternidade. Charlie era um amigo. Um enorme apoio nos tempos difíceis. Às vezes, ia deitar-me ao seu lado quando não conseguia dormir durante a noite. Ou quando trovejava lá fora. Eu não gostava nada da trovoada. Charlie, pelo contrário, estava-se marimbando para os trovões. Aquele cão era um rochedo. Por detrás do qual eu podia esconder-me. A qualquer altura. Em qualquer sítio. Nunca hei-de esquecer a maneira como ele cheirava. O focinho contraía-se. Como uma esponja. Uma coisa fofa. Tudo nele era fofo. As suas orelhas eram como algodão. E a barriga era um grande barco que subia e descia. Consoante as condições climatéricas. Ainda me lembro bem da nossa última noite. Charlie voltara a cuspir sangue. Eu dormia com ele na casa-de-banho, deitado numa cadeira articulada. Mas não aguentei durante muito tempo. Fui-me deitar no chão ao seu lado. Continuei a dormir em cima de uma toalha. Nessa noite Charlie sofreu à brava. Agonizava e vomitou sangue. E a única coisa que pude fazer por ele foi manter-me ao seu lado. Pôr-lhe um braço por cima do lombo. E foi mesmo o que fiz. Abracei o meu cão e rezei. Rezei para que não perdesse aquele animal. Charlie sempre me protegeu. Quando ele estava por perto, ninguém me chamava «aleijado». Lá disso eu podia ter a certeza. Por isso, dava grandes passeios com ele em bairros onde morava muita malta nova. E as pessoas que me viam com ele tinham muita consideração por mim. Porque eu era o dono *dele*. Do Charlie. O meu cão. O meu rochedo. Quando me sentia só, jogávamos sempre o mesmo jogo. O jogo do ringue. Eu atirava ao ar um ringue de plástico com dez centímetros de largura e o Charlie apanhava-o. Pensando bem até era um jogo bastante chato. Mas era *o Jogo*. O nosso jogo. E às vezes jogávamos o dia inteiro.

Nessa noite, há dois anos, quando o nosso cão morreu, o Bom Deus devia andar meio distraído. Porque não atendeu as minhas preces. De madrugada, por volta das quatro horas, o Charlie morreu. O grande e poderoso barco elevou-se e desceu uma vez mais. E depois o movimento cessou. O olhar desvaneceu-se. Charlie tinha a minha idade. Catorze anos. Quando ele veio para nossa casa, eu era ainda um bebé. Mas ainda me lembro dele. E enquanto continuar a fazê-lo, o Charlie vai manter-se vivo. De uma maneira ou de outra. Enterrámo-lo nesse mesmo dia num prado. Toda a família estava presente. Todos nós chorámos. Só a mãe é que não. Ela nunca gostou muito do Charlie. Sempre viu nele um potencial perigo para mim. Além disso, dava imenso trabalho. O meu pai, pelo contrário, gostava dele. Os dois entendiam-se bem. Foi o pai que lhe pôs o nome. Charlie Watts foi quem o inspirou. O baterista dos Rolling Stones. Se o nosso cão ainda fosse vivo, eu iria agora certamente visitá-lo. Mas também isso acabou. O tempo não tem consideração por mim. Nem pelo Charlie. O meu rochedo.

*

— Não tem mesmo um sabor a vida? — pergunta Janosch, voltando a dar uma chupadela no seu charuto *Agno*. Os outros acabaram agora de descer para a plataforma. Nos seus olhos vejo um grande cansaço. Extenuados vão-se integrando na multidão. A plataforma é maior do que a de Rosenheim. Tem, pelo menos, dez metros de largura. E estende-se por um comprimento que atinge os cem metros. No piso de pedra cada passada provoca um estranho estalar. O Félix gordo acha o som engraçado e bate com força com o pé direito no chão. Mesmo a esta hora encontra-se aqui imensa gente. Sobretudo jovens. Aos pares ou em grupos passeiam ao longo das vias. Alguns para fumar ou beber. Outros simplesmente pelo gozo de aqui estar. Para se encontrarem com outros. Para cagarem um pouco na grande bosta que é a vida. Deitados no chão, por baixo de um anúncio, estão dois vagabundos. Os seus rostos estão marcados pela vida. Arranhados e cheios de cicatrizes. Um deles ergue para mim o olhar. Tem o cabelo comprido, branco, e o bigode de um tom avermelhado. Põe o braço por cima do seu companheiro. Tenho a impressão de que estão quase a adormecer. Dou-lhes uns trocos. Não consigo passar por eles sem lhes dar qualquer coisa. Vou ter novamente com Janosch e com os outros, que entregam a Sambraus o dinheiro que este lhes adiantara para pagar os bilhetes.

— Eu sempre pensei que a vida tivesse um sabor diferente — digo, chupando o meu charuto *Agno*. Um fumo pesado e escuro eleva-se no ar.

— Ai sim? E a que é que pensavas tu que ela sabia? — quer saber Janosch.

— Talvez um bocado mais doce — respondo. — Afinal de contas, sempre há coisas doces na vida.

— Onde é que foste inventar essa merda? Quando muito o meu caracol de chocolate pode ser doce, mas a vida não o é de certeza — rebate o Bolinhas. — Vocês já repararam que nos últimos tempos só temos dito baboseiras?

— Aliás, nós passamos a vida a dizer baboseiras — acrescenta o Félix magro.

— Está bem — diz o Bolinhas —, mas não estamos aqui para perder o tempo com baboseiras, mas sim para aprontar uma merda qualquer! Por isso, toca a andar que se faz tarde!

— O Bolas tem toda a razão — concorda Janosch. — Toca a andar, malta!

Atravessamos, assim, o átrio da estação principal de Munique. Que, por sinal, é bastante grande. Há lojas por todo o lado. Até cá têm um cinema pornográfico. O Félix gordo espreme a cara de encontro ao cartaz do filme. *A Casa dos Múltiplos Prazeres*. Vê-se uma preta a abrir as pernas. Tem apenas umas cuecas vermelhas. Os seus seios são atravessados por uma lista branca. O Bolinhas acha isso uma indecência. Põe-se a mandar vir.

— Anda mas é daí! — chama-o Janosch. — Não eras tu que querias ir a um bar de *striptease*? Lá as mulheres são a sério! O melhor é guardares o tesão para mais logo!

— Eu posso guardar o meu tesão para quando me der na real gana — replica o Félix gordo. E continua especado em frente do cartaz. Nós seguimos em frente. Sambraus toma a dianteira. Atrás dele seguem o Félix magro e o Janosch. Florian, Troy e eu vamos na retaguarda. Troy está meio apardalado. Os seus olhos brilham.

— Estás a curtir? — pergunto-lhe.

— Sim, estou a curtir — responde Troy. — No fundo, quero ficar aqui para sempre.

— Queres dizer aqui, em Munique? — volto a perguntar.

— Não, convosco — explica Troy. — A pouco e pouco, vou ficando com a sensação de estar vivo!

— Assim é que se fala, Troy — digo-lhe.

Florian, a quem todos chamam «a Menina», corre a juntar-se aos outros que seguem à frente.

— Malta, o Troy afinal sabe falar — oiço-o gritar, completamente esfuziante, no meio da multidão.

— A sério?

Os outros voltam-se para trás. Lá no fundo vem o Félix gordo a abrir.

14

— Mas, afinal de contas, tu tens ou não tens um cartão de deficiente? — pergunta-me Janosch no momento em que entramos no metro. Só temos de viajar quatro estações. Até à Muenchener Freiheit. Não demora muito. Para além de nós, não se encontra quase ninguém na carruagem. Sentamo-nos.

— Não — respondo.

— E porquê? — quer saber o Félix gordo.

— Não me dão nenhum — esclareço. — Dizem que não sou deficiente. Como posso andar acham que não tenho direito ao cartão.

— Os gajos são doidos ou quê? — pergunta Janosch. — E não fizeram exames médicos?

— Não, não houve exames médicos nenhuns — respondo. — Mas tenho de admitir que não tenho vontade nenhuma de possuir um desses cartões. Para que é que preciso duma coisa dessas? Só para mostrar a toda a gente que sou um aleijado?!

— Mas foste tu que me disseste ainda há pouco tempo que sofres de perturbações do equilíbrio — replica Janosch. — Isso pode tornar-se perigoso. No Metro, por exemplo. Nas horas de ponta, ou quando as carruagens estão apinhadas de gente. É precisamente por causa disso que existem os lugares reservados para os deficientes. Eles foram feitos para pessoas como tu!

— Além disso, podes ter desconto em quase todos os sítios — acrescenta o Félix gordo. — Nos filmes pornográficos, por exemplo!

— Tu simplesmente mereces isso — afirma Janosch. — Tens aí um problema do caraças com essa tua deficiência, ainda não percebeste isso? Eles bem podem dar-te uma indemnização. Mas é claro que se estão marimbando para o assunto. É típico do Estado.

— Não é o Estado que trata desse assunto, mas sim os Serviços Sociais — objecto.

— Mas acabam por ser os mesmos gajos — responde Janosch. — É sempre o Estado.

— O que é que tu consideras o Estado? — pergunta o Félix gordo.

— Ninguém sabe ao certo — reflecte Florian.

— Devem ser os tipos que tratam de tudo, acho eu. Aqueles que decidem o que está certo ou errado.

— E para que servem eles? — pergunta o Félix gordo.

— Bem — concede Janosch —, mesmo assim os gajos lá vão fazendo umas estradas e coisas do género. E redes de Metro. Eu creio que sem eles nós não estaríamos aqui agora.

— Mas não são eles os mesmos tipos responsáveis por todas as conspirações? — pergunta o Bolinhas. — Aqueles que nos escondem a existência dos *aliens?*

— Sim, acho que são os mesmos — concorda Florian. — Mas também metem os criminosos na prisão.

— Porra, mas afinal o que é que eles fazem mais? — insiste o Félix gordo. — Isto é uma situação terrível. E o que é que nós fazemos no meio de toda esta maquinação?

— Nós somos as pessoas — responde o Félix magro.

— Então, se nós somos as pessoas, o que é que serão os outros? — pergunta o Bolinhas.

O Félix magro fica a pensar. Os olhos reviram-se nas órbitas. Aperta as mãos. — Os outros são os tubarões — diz finalmente.

— Os tubarões? — repete os Bolinhas. — Como nos filmes de conspirações?

— Bem — concede Janosch. — Um filme é um filme. A realidade acaba sempre por ser um pouco diferente.

— Apesar disso, os filmes são *crazy* — defende o Félix gordo. — Algum de vocês já viu o *Pulp Fiction?*

— Toda a gente já viu o *Pulp Fiction* — responde Janosch. — Também não é assim uma coisa do outro mundo.

— E tu conheces um filme melhor? — pergunta Florian.

— *Braveheart* — replica Janosch. — Esse é que é um bom filme. Mel Gibson é *crazy*. Além disso, eu curto a Escócia à brava.

— E por que carga de água é que curtes assim tanto a Escócia? — pergunto eu.

— Acho que a Escócia deve de ter o mesmo tipo de cenário que o Paraíso.

— Porquê? — insisto.

— Eu sei lá... há muitas plantas.

— Há muitas plantas? — repito. — E tu achas que no Paraíso há muitas plantas?

— No Paraíso há de tudo — corrige Janosch. — E na Escócia também. Lá o clima protege a paisagem da depredação dos homens.

— Como? — quer saber o Félix gordo.

— Porque chove constantemente — explica o Janosch.

— E desde quando é que tu foges das pessoas? — quer saber o Félix magro.

— Desde que me fartei disto tudo — responde Janosch. — Aqui é tudo demasiado apertado para o meu gosto. Às vezes, tenho a sensação que não posso respirar à vontade. É uma sensação lixada. Na Escócia nunca senti uma coisa dessas. Na Escócia eu sou livre.

— Acho que devíamos aproveitar para irmos todos ao cinema — propõe o Félix gordo.

— E por que é que estás assim com tanto tesão para ir ao cinema? — pergunta Janosch.

— Bem, um filme sempre fala da vida, ou não é? — pergunta o Bolinhas.

— Acho que o caminho até ao próximo cinema consegue falar mais da vida — responde Janosch.

— Vocês sabem a que conclusão eu cheguei depois de toda esta discussão? — pergunto.

— Atenção aí, pessoal: o Lebert acaba de chegar a uma conclusão — anuncia Janosch.

133

— Qual? — pergunta o Félix gordo.

— Que o mundo é *crazy* — anuncio.

— Lá nisso tens toda a razão — concorda Janosch. — *Crazy* e belo. E devemos aproveitá-lo até ao segundo.

Os outros dão-me palmadas nas costas.

15

Então o bar de *striptease* no rés-do-chão de prédio onde Sambraus mora não havia mesmo de chamar-se *Leberts Eisen*?! A malta recebe--me às gargalhadas quando chego à porta com o Sambraus. Estive algum tempo à conversa com ele. Falámos sobre a vida. E sobre a sua época. O velho está com imensa vontade de contactar um velho colega do internato. Um tal Xaver Mils. Vai ver se consegue localizá-lo na lista telefónica. Diz que somos muito parecidos com ele. Especialmente o Janosch. Sambraus disse que o Mils irá gostar imenso de nos conhecer. Além disso, há já uma eternidade que não se encontram. Seria uma boa oportunidade para voltarem a ver-se, explicou Sambraus.

Acho que este Sambraus é um tipo fixe. Até o próprio Janosch já acabou por aceitar isso. Os dois trocaram algumas palavras há bocado no Metro. O Bolinhas, pelo contrário, continua a achar que o gajo é marado. Pode ser que tenha razão, mas é um marado com bom coração. Penso que ele também já passou por umas quantas boas. Vê-se logo quando se entra em casa dele. O bar de *striptease* fica situado numa rua lateral. É um velho edifício de três andares. A fachada é cinzenta, com a tinta a cair. Sobre o primeiro andar encontra-se afixado um letreiro de néon com o nome do dito bar: *Leberts Eisen*. Uma escrita em três dimensões, com as letras cor-de--rosa muito próximas umas das outras. Ao lado reconhece-se a figura de uma mulher nua em linhas de néon. Ela mexe os braços e as pernas, que brilham à luz dos faróis dos automóveis.

— Por que não nos disseste que tinhas mudado para o ramo da pornografia? — pergunta Janosch, rindo às gargalhadas.

135

— Era para ser uma surpresa — explico.

— E olha que conseguiste — admite o Félix gordo.

— Com que então o *Ferro do Lebert**. Benjamin, tu és mesmo *crazy*!

E com estas palavras entramos no bar. Lá dentro o ar está empestado. Quase que não consigo respirar. Abro desesperadamente a boca, como um peixe. Suspensa sobre o chão, vê-se uma névoa branca. As paredes estão pintadas de cor-de-rosa. De meio em meio metro a imagem de uma mulher nua. Emoldurada a néon verde. No lado direito encontra-se um pequeno palco com cerca de dois metros de altura. O palco é negro. De um lado e do outro há barras de ferro, fixadas entre o tecto e o chão. Uma cortina vermelha tapa o fundo do palco. Por cima está pendurado um pequeno quadro luminoso a anunciar os segundos que decorrem. Em sentido decrescente, do 60 ao 0. Neste instante vê-se o 53. Diante do palco encontra-se o bar. Por detrás do balcão está um matulão a servir as bebidas. Tem uma barba completa castanha e dois olhinhos céleres. As suas sobrancelhas são cerradas e hirsutas, o cenho franzido. Por detrás do matulão encontram-se alinhadas um grande número de garrafas. Sobretudo *whisky*, vinho e outras bebidas alcoólicas. Sentados ao balcão do bar, encontram-se cinco homens. Com um ar cansado e indiferente olham para o quadro com o anúncio do tempo. Já vai no 49. Ao todo estarão aqui por volta de cinquenta pessoas. É bastante apertado. Os clientes estão todos sentados em bancos de pernas altas em torno de pequenas mesas redondas espalhadas pelo centro do espaço. A maior parte deles espera de perna cruzada. De vez em quando, controlam com um olhar furtivo o anúncio dos segundos. 45. Das colunas de som chega até nós uma música dos Anos 70. Um DJ de vinte anos encarrega-se de pôr a tocar os discos. É claro que tem os cabelos oxigenados. Usa um fato de cabedal negro. De vez em quando, vê-se uma *T-shirt* branca dos Simply Red. O seu rosto é liso e sem vestígio de rugas. Tem à sua disposição dois gira-discos. Ao lado encontram-se as capas dos discos e um microfone. O DJ tem colocados uns *headphones* pretos.

---

*«*Leberts Eisen*»*, trad. «O Ferro do Lebert». *(NT)*

It's allright dos Supertramp ecoa pelo bar. No quadro surge entretanto o número 42. O grandalhão do bar ergue o olhar quando nos vê entrar. Depois repara no Sambraus e sorri.

— Sammy! Que raio de malta é que nos trazes desta vez? — pergunta.

— Seis gaiatos do internato Neuseelen — responde Sambraus.

— Cavaram hoje mesmo de lá. Pensei logo que o melhor era levá-los ao Charlie. Para, ao menos uma vez na vida, verem qualquer coisa de interessante. Aqui tens o Janosch, o Troy, o Félix, o Florian, mais um Félix e o Benni! Rapazes! Tenho a honra de vos apresentar o respeitável Charlie Lebert!

— Charlie Lebert? — repete Janosch. — Muito prazer. E desata a rir às gargalhadas.

No quadro luminoso surge o 31.

— Rapaziada! Vieram bater à porta certa — diz Lebert. — Vamos fazer uma festa e pêras! Se tiverem um desejo especial, é só dizerem! Para começar, o que é que vocês querem beber?

— *Baccardi O* para todos — pede Janosch.

— Esta rodada pago eu — esclarece Sambraus.

— Obrigado — diz o Bolinhas. — Mas eu ainda tenho uma pergunta a fazer.

— Força! — encoraja-o Lebert. Tem um vozeirão de baixo.

— Será que não é possível arranjar um pouco de lombo de porco assado? — pergunta Félix.

— Lombo de porco assado? — repete Lebert. — Mas tu estás aqui num bar de *striptease*.

— Eu bem sei — responde o Félix — mas se pudesse ser... É que eu... eu estou com bastante fome!

— Tudo bem, vai-se ver o que se pode arranjar. Para começar têm aqui os vossos *baccardis*.

E coloca as bebidas no balcão. Copos compridos, vermelhos, com palhinha e uma rodela de limão a boiar. A malta mama aquilo tudo de uma assentada. Sambraus paga. Eu prefiro fazer as coisas com mais calma e gozar o pratinho.

Uma dama da noite, seminua, aproxima-se de nós. Usa umas cuequinhas azuis e brancas com listas reluzentes. A parte de cima mal lhe cobre as pontas dos seios. É uma pequena capa azul de pele.

Nos seus longos cabelos castanhos brilham papelinhos vermelhos. O seu rosto delicado está pintado de uma forma perturbadora.

— Sammy, quem são estes borrachinhos aí ao teu lado? — pergunta.

O quadro luminoso mostra agora o número 22.

— Olha a Laura! — exclama Sambraus. — É bom voltar a ver-te por cá! Estes aqui são alunos de um colégio interno. Deram uma escapadela. Trouxe-os para cá.

— Mas são mesmo uns jeitosos — aprecia a Laura. — Especialmente esse aí!

E aponta para mim, enquanto se aproxima, rebolando-se com as suas grandes mamas a abanar. Faz-me uma festa ao de leve pelo cabelo.

— Daqui a dois anos estás feito um belo homem, sabias isso?

Tem uma voz suave. Olho para o seu decote. A malta está completamente passada, com os olhos arregalados. Deve ser o *baccardi* a incutir-lhes coragem. Janosch enlaça-a pela cintura.

— Só espero que também vá actuar ali no palco — pergunta ansioso.

— Podes crer — responde ela. — Logo a seguir à Angélique. Vou dançar só para vocês, meus pombinhos.

As orelhas de Janosch adquirem um tom escarlate, e ele fica a olhar para o chão.

— Laura! Não me dês cabo dos miúdos! — admoesta-a Lebert, enquanto ri.

— Descansa que não é essa a intenção — responde a rapariga.

— De qualquer forma, tenho de me pôr a andar. Passem bem, meus amores! E não se aproximem demasiado do Sammy. Esse homem é um tigre!

Laura ri e desaparece por entre a clientela. Atrás, o fio dental é praticamente inexistente. Vê-se o rabo todo. Quem me dera afundar-me naquele cu. Com o pessoal passa-se precisamente a mesma coisa. Fica toda a gente a estudar o pedaço. Sambraus e Lebert partem o coco a rir. Tem o traseiro um bocadinho queimado. E empinado. As nádegas quase que coladas uma à outra. Um tesão. No quadro dos segundos surge um grande 10. Maior do que os outros números. Janosch levanta os braços num brusco gesto de excitação.

— Até que enfim! — grita. — Meu Deus, obrigado pela vida que me deste! E manda vir mais uma rodada *Baccardi* para todos. O Lebert não pergunta pela nossa idade. Limita-se a sorrir por tudo e por nada. Se calhar acordou simplesmente bem disposto. E toca de aviar mais *baccardis*. Tenho que beber o resto do meu à pressa. Isso não me faz lá muito bem. Sinto tudo a andar à volta. Fico ofegante. Os outros já acabaram o seu segundo copo. A minha vontade é guardar a bebida para mais tarde. Mas o Félix gordo enfia-me o *baccardi* pelas goelas abaixo. Sou inundado por uma onda de calor. Sinto o pulsar do coração. Como um martelo pneumático. Espirro. De repente, penso na Laura. E na minha mãe. Espero que se sinta bem. E que não esteja demasiado preocupada. No fundo, eu podia agora ir ter com ela. Mas não o faço. De qualquer forma, não iria resolver nada. Subitamente, as luzes apagam-se. No *placard* electrónico surge um grande 1. O meu corpo balança para a frente e para trás. Janosch volta a soltar o seu grito de júbilo. Pelo menos quatro braços abraçam-me. Tropeço, com o peso de pelo menos seis pessoas em cima, em direcção ao palco. O Félix gordo trata de enfiar-me mais qualquer coisa pela garganta abaixo. Qualquer coisa que sabe a cerveja. Com um aditivo estranho. Vinda das colunas de som ecoa a voz clara do DJ. *Para vocês, e pela quinta vez nesta noite, Angélique!* As vibrações do baixo em *The way you make me feel* de Michael Jackson ressoam e atravessam-me, propagando-se pelo chão por debaixo dos meus pés. A malta grita. Eu sou atirado ao ar. Tropeço. Vejo o rosto de Janosch:

— Lebert! Nunca hei-de esquecer esta noite. Digo-te! E nela está gravado o teu nome!

Passa a mão pelo meu cabelo. Sorri. Nunca vi o Janosch sorrir desta maneira. E nunca mais o voltarei a ver sorrir assim. Troy. No seu rosto está estampada a pura alegria. Estampada não, pregada com uns *punaises* do tamanho de umas cavilhas. Também o Félix gordo ri. Começa aos pulos, obrigando-me a saltar consigo. Já não suporta mais esperar pela Angélique. Um foco ilumina uma coxa. Depois a outra. Finalmente, a mulher inteira. Angélique. Veste um fato completo de homem negro. Um gingar de ancas. O cabelo é negro. Chega-lhe até ao pescoço. O rosto frágil e puro. Iluminado por uns olhos pequenos e castanhos. Não terá mais de 1,60 m de altura. Usa saltos altos. Sapatos de camurça pretos. Roça a perna direita por uma das barras de ferro. Desaperta e abre o fecho das calças. Angélique deixa-se escorregar pela barra de ferro abaixo. O público passa-se, soltando gritos estridentes. O Janosch também grita. Passa as mãos pelo cabelo. Agarra o Félix pelas costas. Começamos todos aos saltos. Por baixo das calças Angélique tem uma cuequinha preta. Lambe lentamente os dedos e leva-os ao sexo. Brinca um pouco. Os olhos castanhos reviram-se. Eu fico logo de pau feito. Parece que me quer rasgar as *jeans*.

Estou completamente passado com esta curtição. Tudo gira à minha volta. Estou-me cagando para tudo. Para a mamalhuda da namorada do meu pai. Para o medo da minha mãe. Para o amor da minha irmã. A única coisa que me apetece é trepar para aquela arena. Lamber-lhe aquele cu todo. Janosch enfia-me uma nota de 10 marcos na mão.

— Aposto que não tens tomates para subir ao palco e enfiar--lhos no *slip*.

— Ai não, não tenho — replico.

— Vamos juntos? — pergunta Janosch.

— Vamos juntos! — confirmo.

Abrimos caminho por entre as fileiras. Já estou a ver tudo triplicado. Janosch apoia-me. Estamos a tremer como varas verdes. Ficamos especados em frente ao palco. Angélique tirou o casaco. Usa agora apenas um *soutien* tigrado de biquini. A sua pele brilha. E eu quase que me venho. Já nem sinto o chão por baixo dos pés. Janosch enlaça-me pelos ombros. Está a tentar fixar o olhar de Angélique. Tenho a cabeça a arder. A parte de cima do biquini cai para o chão. As angélicas tetas surgem em todo o seu esplendor. A minha vontade era cair fulminado neste momento. Tem umas maminhas como dois pêssegos. Redondinhas e lindas. Os mamilos são de um vermelho escuro. O público berra. Florian e os outros abrem caminho e chegam até nós. O Félix gordo enfia-me mais qualquer coisa pelas goelas abaixo. Sabe a anis. A mistela deixa-me a garganta a arder. Florian e Troy empurram-me para cima do palco. Janosch vem atrás a voar. O público desata a rir. Os dez marcos estremecem na minha mão. Agora estou de joelhos. O umbigo de Angélique dança à minha frente. Vejo a sua pele suada. Quase que lhe sinto o cheiro. Angélique agarra-me as mãos e leva-as às suas ancas. Sinto-me afundar dentro dela. As suas tetas parecem dilatar-se à minha volta. A minha testa toca na sua barriga. Lá atrás, entre o público, levanta-se um velhote todo lixado.

— Com quem é que estes miúdos estão? — pergunta. — Tirem-nos dali do palco!

Sambraus ergue a mão. — Estão comigo.

O velhote indignado cala o bico. Mete a viola no saco e volta a sentar-se no seu banco de bar.

— Faz lá isso, meu! — incita o Janosch. A sua voz treme. Sacode a cabeça como um louco. Atira-a para trás. Apalpa o chão do palco com a mão. — Vamos conseguir.

Lentamente, consegue levantar-se. Eu acaricio o ventre de Angélique em torno do umbigo. A nota de 10 marcos acompanha todos os meus movimentos. A pouco e pouco, vou descendo com a nota. Enfio um dedo por dentro do *slip*. Afasto o elástico um pouco da pele. Janosch resfolga. Eu puxo o elástico para baixo e enfio a nota lá dentro. Durante um instante, deixo ficar tudo assim. Fico pasmado a olhar para a cona de Angélique. Vejo-a meia desfocada. Os pêlos púbicos são negros. Aparados em forma de seta. Janosch inclina-se para a frente, por cima de mim. Também ele dá uma espreitadela para dentro da cueca. Depois solto o dedo mindinho. Largo o elástico. O *slip* volta imediatamente ao seu lugar. Escorrego para fora do palco. Sinto-me enjoado.

A música explode nos meus ouvidos. Milhares de pessoas comprimem-se de encontro às tábuas do palco. Consigo aperceber-me delas apenas como vultos indistintos. De repente vejo o Janosch a cair do palco abaixo. Ri como um perdido. O Troy está sentado a um canto, com um copo de *Weißbier** à frente. Contempla Angélique, que acaba de atirar o seu *slip* ao público. No mesmo canto está sentado o Félix gordo, com um enorme pedaço de carne assada à frente. Sorri de orelha a orelha.

— O que é que um gajo pode querer mais? — pergunta. — Mulheres bonitas e boa comida. Isto só pode ser o Paraíso.

E leva o garfo à boca. Troy ri.

---

*Cerveja de trigo muito bebida na Baviera. *(NT)*

— Vocês já se aperceberam de que são os melhores, não? — pergunto. — Os melhores que eu jamais tive.

— Sim, sim — replica o Bolinhas. — Nós já sabemos disso. Estás bêbedo que nem um cacho.

— Talvez esteja, talvez esteja — admito. — Mas vocês sabem que são os melhores. Os melhores que eu jamais tive.

— Claro, e tu também és o melhor que nós jamais tivemos — diz o Bolinhas enervado. — Nós já percebemos isso!

— E tu até és o melhor de todos — acrescenta Troy. E volta a rir.

— Todos nós somos os melhores — corrijo. — Uns heróis. *Crazy.*

Janosch vem ter connosco aos tombos.

Num canto, ao lado de uma pequeno telefone de parede, vejo o Sambraus. Tem a boca aberta, os olhos vazios. Longe de tudo.

*

Só sei que nada sei. Abro os olhos. O acento traseiro, no qual me encontro, é de cabedal castanho. Nas costas do acento dianteiro está aplicado o sinal da *Alfa Romeo*. Também o posso ver no volante, que é negro. Charlie Lebert passa-lhe por cima com a mão num gesto cansado. Atravessamos um cruzamento. Sambraus está sentado ao lado de Lebert. Vejo-o a apontar com o dedo em várias direcções. Compartilho o banco traseiro com toda a minha malta. Quase todos dormem. Só o Bolinhas e o Félix magro é que estão acordados. De cara esborrachada de encontro aos vidros. Estamos bastante apertados. O assento traseiro foi pensado só para quatro pessoas. Janosch está sentado em cima de Troy. Estão os dois a dormir. Janosch tem a boca aberta. De vez em quando, vê-se o vermelho claro da sua língua brilhar por entre os lábios. Florian encostou-se ao seu ombro. Eu bocejo. Dói-me a cabeça. Lá fora brilha o sol. Olho para o relógio. São 10 h 09.

— Para onde é que vamos? — pergunto.

— Para o cemitério — responde Sambraus. — O meu colega de internato Xaver Mils está lá enterrado. Soube ontem que ele morreu.

Sambraus engole em seco.

— E como é que eu vim aqui ter ao carro? — pergunto.

142

— Foi o Lebert que te trouxe ao colo — responde Sambraus. — Não conseguimos acordar-te. Todos os outros conseguiram, só tu é que não. Por isso foi preciso trazer-te aqui para o carro. A seguir, voltamos para Neuseelen.

— Voltamos para Neuseelen? — repito chateado.

— Sim — replica Sambraus. — Contamos-lhes que vos encontrámos pelo caminho.

— Onde é que nos encontraram? — pergunto, completamente confuso.

— Na aldeia, claro — esclarece Sambraus. — Dizemos que foram dar uma volta até lá baixo e se esqueceram das horas. E a partir das 23 h 00 já não se pode voltar para o internato. As portas já estão fechadas.

— E acha que eles vão engolir essa? E não devíamos, ao menos, ter telefonado? Faço com a mão o gesto de quem telefona.

— Eles acreditam de certeza. Dizemos que não encontraram nenhum telefone, ou qualquer coisa do género. Para além de já ter sido tarde demais.

— Acha que funciona? — pergunto.

— Funciona — assegura Lebert. — Vocês desculpam-se pelos sarilhos que causaram e eles aceitam. Afinal de contas, trata-se apenas de uma noite!

E com esse esclarecimento vira para uma rua lateral.

Passo com os dedos pelo cabelo. Sinto marteladas dentro da cabeça. Só de pensar no regresso a Neuseelen sinto vontade de vomitar. Inclino-me um pouco para o lado.

— Aquilo é que foi beber, ontem à noite, heim?! — diz o Lebert. E, virando-se para mim: — Tenho cá a impressão que estavas todo empolgado com a Angélique. Mas já não viste nada da actuação da Laura. E se a rapariga se esforçou! Bem, pelo menos os outros gozaram o espectáculo! — E apontou para a malta.

— Como é que vai a tua cabeça? — pergunta por fim.

— Mais ou menos — respondo, mentindo. E aperto as mãos numa aflição.

O Félix gordo vira-se para mim. Tem um olhar vidrado. As bochechas estão coradas. O cabelo despenteado.

— Desculpa lá — começa ele, esticando os braços para a frente. — Está-me a parecer que vou ter outra vez de fazer uma pergunta. Eu bem sei que passo a vida a fazer perguntas.

— Não te preocupes com isso — respondo. — É preciso fazer perguntas. Se não as fizéssemos, ficaríamos sem perceber muitas coisas. Só não sei se as posso responder. Porque muitas vezes são as próprias respostas que uma pessoa não percebe.

— O que é que tudo isto significou? — pergunta o Félix gordo.

— A nossa escapada do internato? A fuga? A viagem de autocarro? De comboio? De Metro? O bar de *striptease*? Porque é que fizemos tudo isso? E foi bom para quê? Como é que se pode definir? Como sendo a vida?

— Eu fico a pensar. No estado em que a moleirinha está a pergunta é areia demais para a minha camioneta. — Respiro fundo. Abro a boca. — Acho que podíamos considerar tudo isso como uma história — respondo por fim. — Uma história que a vida escreve.

Fecho os lábios com força. O suor escorre-me pela testa abaixo. O Bolas esbugalha os olhos. Passa com a mão por eles.

— E se é uma história, então foi uma história boa? — pergunta.

— Do que é que tratou? Da amizade? De aventuras?

— Tratou de nós próprios — respondo. — Uma história de alunos de um colégio interno. A nossa história de internato.

— E na vida há muitas histórias? — pergunta o Félix gordo.

— Há histórias a dar com um pau — respondo. — Há histórias da alegria e da tristeza. E há outras histórias. Além disso, todas as histórias são diferentes.

— E a que sistema é que pertencem as nossas histórias de internato? — pergunta o Bolinhas.

— A nenhum — respondo. — No fundo, não há sistemas para as várias histórias. Cada uma delas existe por si, em contextos diferentes.

— E diz-me lá onde é que se encontram esses tais contextos? — insiste o Félix gordo.

— Creio que no caminho da vida — respondo.

— Então a nossa história de miúdas de há quatro meses também se encontra no caminho da vida? — pergunta o Bolinhas.

— Afirmativo — respondo.

— E onde é que nos encontramos neste momento? — quer ele saber.

— No caminho da vida — respondo.

— E nós fazemos e encontramos... novas histórias.

O Félix gordo volta a achatar a cara de encontro ao vidro. O seu olhar procura qualquer coisa.

*

O cemitério é pequeno. Tal como a campa. Quase que não há plantas. A pedra tumular é cinzenta e quadrangular. A inscrição antiga. Como se fosse do século passado. Xaver Mils deve ter sido um homem muito pobre. As suas iniciais são guardadas por um pequeno Menino Jesus branco, que olha para nós muito sério. Sambraus ajoelhou-se em frente à campa. Deposita um ramo de rosas brancas em cima dela. Lebert permanece ao seu lado. A malta guarda uma certa distância. Janosch é o último que vem ter com o grupo. Anda a matutar nalguma coisa. Tem o cabelo despenteado. Boceja. Por fim, lá se põe ao nosso lado.

— Meu velho, venho tarde demais! — diz Sambraus, virado para a campa. — Eu bem sei, mas agora estou aqui. Trouxe-te aqui uma rapaziada do internato. A nova geração. Terias orgulho neles! E no meu velho amigo Charlie. Acho que vocês iriam entender-se às mil maravilhas. É um sujeito impecável...

Nesse instante, o Félix gordo dá-me um toque. O seu olhar cansado ergue-se na minha direcção.

— É então assim que todas as histórias acabam? — pergunta.

— Sim, creio que é assim que todas as histórias acabam — respondo. — Mas, quem sabe, se calhar também é assim que começa uma nova história. Tudo aquilo que podemos fazer é olhar. Esperar e olhar. À espera do que vem ao nosso encontro. E talvez então comece uma nova história.

16

Como é que se pode descrever a vida num colégio interno? Acho que é bastante difícil. No fundo, trata-se apenas de mais um modo de vida. Tal como existem muitas outras vidas neste imenso mundo. Só sei que quem por lá passou não esquece o internato. Em momento algum. Se isso é bom ou mau, não me compete a mim ajuizar. Pela minha parte, digo que uma pessoa está dependente da comunhão. A eterna comunhão de tudo e de todos. Viver em conjunto. Comer em conjunto. Bater uma punheta em conjunto. Falo do que sei. Até chorar temos de o fazer em conjunto. Porque se o fizermos sozinhos aparece logo alguém que se junta a nós na lamúria. Acho que é assim que tem de ser. Às vezes, um gajo tem vontade de morrer. E outras vezes, sentimos dentro de nós uma dupla porção de vida. Como é que se pode descrever a vida num internato? A única coisa que sei é que tudo passa.

*

As malas estão alinhadas em frente à cama. Janosch ajudou-me a fazê-las. Três malas e uma sacola. Agora ali estão elas, prontas para a partida. Engulo em seco. Tudo isto à minha volta tem um aspecto bastante vazio. As paredes estão vazias. Em cima da secretária já não há mais nada. Uma sensação estranha apodera-se do meu corpo. Levo a mão direita à testa suada.

Em Matemática acabaram por me espetar outro seis. A isso veio juntar-se um cinco em Alemão. O suficiente para eu chumbar. Tenho que deixar o internato. No final, enviaram aos meus pais uma carta toda abespinhada:

Infelizmente, o seu filho mostrou-se incapaz de passar o ano. Além disso, é indisciplinado e foi frequentemente descoberto a horas impróprias no corredor das raparigas.

O meu pai chega dentro de dez minutos para me levar. Até lá tenho tempo para me despedir do Janosch e da malta. Só amanhã é que eles seguem para as férias de Verão. Como toda a gente daqui. O meu pai exigiu vir-me buscar já hoje. Um dia antes do final do ano escolar. Eles lá fizeram essa concessão. Provavelmente, estão mortinhos por se verem livres de mim. Não lhes posso levar isso a mal. O Félix gordo pergunta-me pelo meu futuro. E põe o braço em volta do meu ombro. Acho que é um futuro cor-de-rosa. Vou viver com o meu pai, que entretanto saiu de casa. Arranjou um andar com três divisões no limite entre os bairros de Schwabing e Milbertshofen. Parece que há por lá muita malta nova. Diz que é mesmo o sítio apropriado para mim. Já estou a esfregar as mãos de contente. E fico a pensar em Matthias Bochow. Depois vou para uma escola especial em Neuperlach. A minha mãe disse-me que lá o ensino de Matemática é muito limitado. Mas, honestamente, não tenho vontade nenhuma de ir para lá. Não quero continuar a ser sempre o Novo. O Novo com a carta debaixo do braço. Graças a Deus, não é um internato. Na parte da tarde posso voltar para casa. Chorar. Rir. Ser feliz. Estou quase a fazer dezassete anos. Ouvi dizer que a partir daí é que começa a dureza da vida. No meu caso não há-de ser diferente. A minha fisioterapeuta constatou um agravamento radical do meu estado hemiplégico. A minha mão esquerda contrai-se cada vez mais. O mesmo acontece com o pé. Provavelmente, qualquer dia deixarei de poder andar, disse ela. O facto de eu ter conseguido aprender a andar já constituiu, por si só, um milagre. Mas, ainda assim, continuo vivo. E enquanto não morrer, a vida há-de prosseguir, penso eu. Pelo menos, foi isso que um desses filósofos afirmou. Mas talvez tenha razão. Da última vez que passei o fim-de-semana em casa, conheci uma rapariga. Talvez tenha sido o princípio de qualquer coisa. Mas eu sei lá. No fundo, disse que me achava bastante estranho. Quando lhe contei que muitas raparigas me tinham dito a mesma coisa, ela ainda achou mais estranho. De facto, não faço a mínima ideia se a relação tem pernas para andar. De resto, e se o desejarem, podem vir visitar-me. Em Schwabing. Depois de toda esta trapalhada, já me devem conhecer bastante bem. Vai ser fácil darem comigo. Eu sou o rapaz com aquela maneira suspeita de arrastar a perna esquerda. No meio de multidões quase nunca me encontram. E se estiver, então é mesmo ao fundo. Sempre na retaguarda. A não ser que me encontre acompanhado pelo meu pai num concerto dos Rolling Stones. Nessa altura, sim, estou mesmo lá à frente. Mesmo ao pé do palco. O meu pai tem sempre medo de perder qualquer coisa do espectáculo. Mas de qualquer forma, os Stones não vão para a estrada nos próximos tempos. Os meus cabelos estão oxigenados desde o baile de fim de ano de Neuseelen. Pelo menos isso consegui fazer com a malta. Temos um aspecto curtido à brava. Parecemos irmãos. Janosch acha que é *crazy*. Ele lá está à janela. Os cotovelos apoiados no peitoril. Mexe-se com toda a calma de um lado para o outro. Vira-se. Enruga a testa.

— Promete-me que tomas conta de ti? — diz.

— Olha bem para mim! — dou como resposta. — Estás a ver--me a não tomar conta de mim?

Janosch ri. Atira-se a mim e abraça-me.

— Não te esqueças de nos visitar, está bem?!

— Sempre que possa — prometo. Vou buscar o saco de viagem. Corro para os Félix. Abraço-os. —Tenham cuidado, rapazes — aviso. Os dois Félix olham para mim.

— Passa bem, rapaz! Tem confiança em ti! — acrescenta o Bolinhas. O Félix magro acena e estende-me a mão. Viro-me para o Florian, a quem todos chamam a «Menina». Abraço-o.

— Curtimos bué de coisas, não foi Flori? — pergunto.

— Fartámo-nos de curtir — confirma o Florian. — Até à próxima, Benni! — E chega a vez do Troy. Que enterra a cabeça na minha barriga.

— Segue o teu caminho — diz-me. E estende-me a mão.

— Até à próxima, Troy! — despeço-me.

À porta encontram-se Anna e Malen. Uma a seguir à outra atiram-se ao meu pescoço. Ambas me pintaram postais de despedida que enfiam no meu saco de viagem. Marie não veio com elas. Mas outra coisa não seria de esperar. Cinco minutos mais tarde, aparece o meu pai. Vem ter connosco com uma passada rápida, leva o resto da bagagem e sai novamente do quarto. Eu aceno para a malta e sigo-o. Volto-me uma última vez e vejo os meus amigos. Ergo a mão direita. Depois corro atrás do meu pai ao longo do corredor das putas. Ele mantém-me aberta a porta que dá para a escadaria. Aí damos de caras com Richter, o director do internato.

— Boas férias — oiço-o resmungar. E segue rapidamente em direcção ao corredor de Landorf. Nós descemos as escadas. Uma infinidade de degraus. Quando chegamos lá abaixo, eu ponho a saca no chão. Estou esgotado.

FIM